河出文庫

山窩は生きている

三角　寛

河出書房新社

山窩は生きている ◉ 目次

山窩は生きている

山窩は生きている

ターザン部落

八月二十四日（二五年）の午後二時ごろであった。放送局の藤倉君が、企画の小田君と二人で、突然池袋の人世坐にやって来た。たまにしか行かない人世坐にその時、珍しく私が居合わせたのである。

「所沢のこっち側にターザン部落があるという通報が、小田君のところにあったので、ちょっと見て来たのですが、あるいは山窩《さんか》ではないかとも思いますが、さっぱり見当がつきませんので一応ご覧願えないかと思って伺ったのですが」

藤倉君が実に大切そうにいう。場所を聞いてみると瀬降《せぶり》があっても良い場所である。

「壊れたお堂がありまして、総勢五十人ばかり住んでいるというので、附近に天然ガスが出るという噂を幸いそれを見に来たような顔をして、ちょっと覗いて来ましたが、三十過ぎの女の人と、子供が三四人いました。吾々がいろいろ話をしていても、吾関せずと言った態度ですから、なんにも言葉をかけずに来ました」

「近所の人の話では、お堂の外に天幕小屋が一つありますが、それに住んでいるのが箕《み》づくりで、子供も大勢いるとのことです。しかし近所には、箕の修繕にも来ないで、遠くに稼ぎにゆくそうです。お堂の中の人たちも、どうもそうらしいんです」

藤倉君の説明の要点は、それだけであった。この藤倉という人は、人となりが良いので、私は信愛している。大下宇陀《うだ》児君の口添えで、

「どうしても山窩の生態を探訪したいので、ぜひ山窩の瀬降に連れて行ってくれ」と前から頼まれていたので、さっそく溝ノ口の〝居附サンカ〟に会って、「一味が大勢集って〝大宴会〟をやる日を知らせてくれ」と折角頼んでおいた。その通知はまだ来ていなかった。

藤倉君は、それはそれとして、まずこの方から、手っ取り早く探訪して、放送したいらしい。顔色を見て取った私は、雑司ヶ谷の自宅に使いをやって〝山窩の分布〟を朱で入れてある地図（参謀本部製）を取り寄せてみた。

「ここです」

地図をのぞき込んだ藤倉君は即座に一点を指した。正《まさ》しく山窩が瀬降《せぶ》る場所である。

「ふうん」と言って、私が、（なるほど）と考え込んでいると、

「山窩でしょうか？」

と藤倉君が追い込んで来る。

「見ないことには、はっきりいえないけどここには山窩の瀬降場《せぶりば》があります。しかし、サンカは、お堂や祠《ほこら》には住みません。お堂や祠はズネンと言って、四天者《してんしゃ》でなければ住みません。四天というのは乞食専門のルンペンの事で、これを山窩は筋ちがいと言って、一段下に見ています。見ない事には断定出来ないが恐らく本物の山窩は、その天幕の一組だけでしょう。では、明後日の午後二時につくように出かけましょうか」

彼は私にそんな事を饒舌《しゃべ》らせながら、それを録音して行った。

邪魔者

その翌日の夕方である。読売新聞の社会部の記者仁里木君が遊軍の青木君と他に一人を案内して、三人づれで私の自宅にやって来た。

「明日、山窩の瀬降に、放送局が探訪にゆくというのですが、あなたも行かれますか？」

青木記者が鉛筆と原稿用紙をポケットから出しながらいう。訪問の用件が、これで判った。

（しかし、これは録音の邪魔になる）と私は直感した。

新聞記者は邪魔にならないが、これと同行する写真班が邪魔になる。私は、朝日新聞記者として、この訪問者と、同じ立場に立った経験を持っている。それだけに、何もかも判るのである。

「そうかい？　そんなことを言ってたかい？」

私は明答に迷ってアイマイな返事をした。

「九月一日の、社会探訪の時間に、放送するそうです。それで、私の方もいっしょに行って、特集記事を書きたいので、いろいろ、おしえていただきたいのですが」

青木君はもりもり質問をあびせて来る。

「だってきみ、本物だか、乞食だか、まだ判らないんだよ」

私はそういいながら、（これは企画の小田君が漏らしたに相違ない。これはとんでもないことになるぞ）と結果ばかり考えた。結果というのは騒ぎの発生である。

新聞記者にはよく約束を守ってもらって録音の邪魔にならぬようにさせられるが、写真班の仕事は、仕事の性質上、止むなくその場限りの仕事になる。

それらの事を考えると、（放送局は、何て、用心の足らないことをするんだろう）と思われて、いよいよ悪結果が気になってならない。それに、録音だって、相手を納得させない限り、駄目である。（どういう風に言って、彼らを納得させるか？）私には、その録音そのものさえ気になっていたのだ。私は、その時の現場の騒ぎが、もう手にとるように判って来る。

それかと言って、自分の経験から考えても新聞記者にすげなく当る訳にはゆかない。常に臨機応変の勉強をしなければならない新聞記者は、その場その時に際して、よくおしえてもらえることが、たいへんに有難いのである。私は、ともかく、質問に対して親切に解明してやった。だが、私が同行するかしないかは未定だと言っておいた。私は、明日に迫った〝瀬降行〟を中止しようと考えたからである。

新聞記者が帰ると、私は放送局に電話をかけた。藤倉君も小田君も退局していなかった。もう六時を過ぎていたから。そこで藤倉君の自宅に電話をかけた。と父君が、「修一はまだもどりません。帰ったらお電話します」とのことであった。

待っていたが、ついに十一時まで電話がなかった。かくなる上は、明日に迫った瀬降行だが、やっぱり断るよりほかに手がないと考え、私は寝ようとした。

そこへ藤倉君からの電話である。彼は、私のところへ読売の記者が来たことや、明日その新聞記者が同行するという事を私から聞いて、いたく困惑の声を発した。

「九月一日に放送するとまでいってましたか？　誰がそんな事を漏らしたんでしょうね？　まだ、行って御覧願うまでは、それが本物であるか乞食部落であるかも判らないのに、いったい誰が、そんな事を漏らしたりしたんでしょうね？　たしかに、私のところにも記者が来るには来ました。しかし私は、それは海の物とも山の物とも解らない。それが本物であれば、あとでゆっくりお話をするからとだけいっておいたのですけど」こういって、事の漏れた事を憤慨する。

「さっそく小田君に電報を打って、午後の出発を早朝出発に予定を変更しますから、明日はぜひお願いします。早朝なら新聞記者もいませんから、こっそり出てしまいます」

という。私は山窩の気むつかしい事など説明して「では、録音だけを無事に済ましましょう。新聞の方は、あとから私が、別個に案内して充分協力してやります。だから、その点をかたくいい残して出て来て下さい」

といって電話を切った。

瀬降行

翌朝八時過ぎに藤倉君から電話があった。

「局に来ています。早速出発の用意をしていますから、よろしくお願いします。新聞記者には所は教えてないのですから、大丈夫です。用意の出来次第お宅へ廻りますから」

張り切った朝の声である。

「昨日もいった通り、新聞社の連中が、同行出来なかったとしたら、あとで失望しますけど、行って見て本物であったら、私が明日でも、連れて行って、充分に記事になるように案内をするからと忘れずに言い残しておいて下さい」

私は念を押してから、電話を切った。

やがて小田君と藤倉君が玄関に現れた。小田君に、「きみ、新聞社の連中は大丈夫か？」といみじく念を押すと、これも「大丈夫です」といった。

私は「それなら」といって、単衣《ひとえ》の尻をからげ、手拭《てぬぐ》い冠《かぶ》りの下駄ばきで、土産物《みやげもの》をもって車に乗った。川越街道を右に入った村道で私たちは車を捨てて、私は藤倉君を農家の裏の雑木林の中に待たせておいて、その現場に向かった。お堂というのは弁天堂であった。雑木林の径をちょっとゆくと、お堂の屋根が右手の目の下に見えて来た。径が左手に、ぐっと下ったところに十坪位の池があって、清水が滾々《こんこん》と湧いている。それが弁天池である。その池の縁に天幕張りの瀬降が一張りある。瀬降の向かい側にも小川が水勢たくましく流れている。そして瀬降には巨龍の昇天かと思うような老藤が這い登っている、杉の大木がおいかぶさっている。小さな弁天堂はその右に池を背にして建っている。

その手前にお堂の倍ぐらいな絵馬堂がある。この二つの祠にも大勢住んでいるというのだ。私は状況を一目見ただけで、やっぱり、山窩は天幕だけだと直感した。私は林の中の径をざらざらと降りて行った。

天幕の入口の杉の木の根もとで瀬降の子供たちと遊んでいた赤犬が「うわっ」と吠

えて来た。私が「こら」と言って耳を摑んでくすぐったら尻尾を振って、ついて来た。天幕の前の平炉（穴を掘らない地面いきなりの炉）の縁には、左乳が大きく右乳の小さい半裸の三十女と、その夫らしい五十六七と見える、ずんぐりした男とが坐っていた。男は夏軍衣の上下を着ていた。女は腰に草疲《くたび》れた黒絹のスカートを穿《は》き、その下から赤ネルの洗いざらしのお腰を出していた。このお腰が転場《てんば》のバシタ（女房）の証拠である。

私は平炉の自在鉤《じざいかぎ》をみた。これは「一本自在」といって「転場者」でなくては使えない本物であった。私はこれでサンカはこの一組であることを確認して、藤倉君に予言した通りであった事を知った。

「こんにちは？」

この場合「こんちは」では駄目なのである。「コンにチ」と、にをはっきり発音して訪問しなければいけない、女房も、「コンにチハ？」とにに力を入れて笑顔で応じて来た。

「大森の直八の頼まれ筋だが、今日は頼みがあって、わしの友達の藤倉先生を案内して来た。これは挨拶のしるしだ」

私は用意して行った品々を取り出して渡した。これは、ちょっと内密にすることを許してもらいたい。品数は三品である。

「それから、一般常例の物を持って来た。これは手抜きだ」私はそういって、塩鮭の包みを出した。塩鮭はクシともいう、「酒類」と共に挨拶の常例品となっている。酒のことはまた「いたみ」ともいうし「いた」ともいう。

「旦那に散財させていけねえな」

女が受け取りながらいえば、男も、

「届きすぎた事で済まねえです」

と頭をさげた。

山窩は一組

「オッちゃん、毛布を敷くべえ」

女は、瀬降の中から、軍隊毛布を取り出して、炉の前に展《ひろ》げた。さて、私は、その上の正座につかされたのである。その正座というのは瀬降の入口を背負って自在鉤に向かって坐ることである。私が坐ると、瀬降主の男が、相対して胡坐《あぐら》をかきその男の右に女房が坐った。

「おいら、河野辰八という入間《いるま》筋《すじ》の転場《てんば》でごぜえます。こいつは女房で松島ヒロといいます」

瀬降主の名乗りである。

「おら、松島のままですけど、この瀬降のオッカですから、ゆっくりして、こちとらのたのまれにもなっておくんなさい」

左の乳房をぶらりと揺すって、にっこり笑った。右の乳は、乳癌でつぶれているのだ。

「わたしは、ミスミという者だ。音羽の護国寺の近くにいる」

「松島のオッちゃんから聞かされて知ってます」

女房のヒロがいうのである。私は、（おや）と思った。

「松島のオッちゃんて、政吉のことかい？」

と私がたずねた。松島政吉というのは、下谷万年町二丁目五十八番地に住んでいた箕直しで、警視庁の名探偵であった大塚大索氏にかわいがられていた律儀者である。

この政吉は、もう生きていない。今はその配下だった河野藤次郎、中村鶴造などという関東の世間師に鳴りひびいている箕直しが、そのあとをついでいる。

この政吉という男は、自分に不如意な事がおきると、「南西下北天下銭所」と書いた紙を取り出して拝みながら、これを逆読《さかさ》みにして心を慰めて暮していた男である。逆読みにすると、

「所詮勝てぬ来たか災難」という言葉になる。

彼はそういう男だったから、小説ののってる古雑誌はいつも手にして読んでいた。

「わっちは、あれの娘《つる》だよ」

肩を持ちあげてヒロは微笑する。自慢なのである。

「そうか。そんならお前さんは江戸ッ子だ。万年町の生れだもの」

私がいうと、にこにこして、

「オッちゃんも知ってる人なら、これから、オとッさんと呼ばせてもらいますよ」

ヒロは私にそういって自在鉤の薬缶の下に「薪《こだま》」をおしくべた。

「時にズネンの連中に、一味《ながれ》がいるのかい？」

私がたしかめをすると、夫婦は揃って首を横に振った。

「床屋さんのほかは、みんなモライ屋だ。こっち（小さいお堂）は上野《のがみ》から来たんだ」

地下道人種であるという。

「じゃあ、この自在鉤を使えない人たちだな」

私が言った。

「そうよ。石ころか土管のかけらを並べて煮たきの火を燃す人たちだ」

ヒロの説明で、区別がいよいよ明確になった。

「おとッさんは、桶川の太一を知っていなさるけ？」

私にヒロの質問である。

「知ってるとも」

私は、この太一に関しては、興味しんしんたる、幾つかの出来ごとを知っている。既に幾つもの短篇でも発表した。

「わっちは、あれのメイだよ」

ヒロは生粋の転場であることを誇っているのだ。私は、かくの如き素姓などを、今から、私一人で饒舌《しゃべ》らせると、録音の時に話がなくなると思ったので、この辺で藤倉君を登場させようと思った。

「ちょっと待ってくれ。藤倉先生をつれて来るから、俺同様に口を利いてくれよ」

私はそういって立ちあがった。と、ヒロが「おとッさん、でも、おとッさんの通し口でない時は素人つきあいだよ」

と、釘をさすのである。

「オッちゃん、そうだろ」

ヒロは亭主に意見を求めた。亭主も（それはそうだ）と頷《うなず》くのである。この通し口というのは、私の取り次ぎに依って口をきくという意味で、私を通じてでない時は、普通人なみのお座なりの返答しかしないというのである。

私が頷くと、

「お客さんは、喉《のど》自慢のところの先生だろ」

と来た。ちゃんと、藤倉を知っているのである。この間、わずか二十分そこそこであった。

藤倉君登場

藤倉君の登場である。彼は靴を脱いで私の右手に並んで坐った。

地面に麦からの千切《ちぎ》ったのを敷いてあるその上に、毛布（軍隊毛布）を敷いてある。その上に、私が坐っている通りに、彼も坐ったのである。だが何となく藤倉君は不調和だ。赤靴もぴかぴか光っているし、ズボンも折目正しい清潔さだし、開襟シャツも真白くてどうも自然の瀬降に調和しないのである。

アナウンサーなどという文明型は、キャンプには好適だが、瀬降には調和がわるい。

私が山窩を訪ねての初旅に出たのは二十年前で、私が二十七の年であった。

朝日新聞社記者時代に、社命を受けたのでなくて、自分個人としての研究に出かけた。

五月末日に貰った上半期のボーナスを大切にとっておいて、それを旅費にして出かけた。しかも、三ッ揃いの鼠の夏服を、真夏の八月の暑中休暇に着おろして、一文字の麦わら帽に、キッドの靴で出かけた。そして最初に踏みこんだのが、富士の裾野の瀬降であったが、みごとにそっぽを向かれてしまった。

それで早速ひきあげて、大宮の旅館で野袢纏《のばんてん》を求めて身仕度を一変して出直したら、その晩から瀬降に泊れた。それと同じで、藤倉先生の姿は、瀬降と大いに不調和だが、ご本人は、そんな事にお構いなしに、外柔内剛のにこにこ顔で、やおら焼酎を差しだした。そこで私が、

「この方が私の友達の藤倉先生だ」

と紹介した。夫婦は大きく頷いて、

「そんなご心配はいりません」

とすっかり素人口調に一変した。藤倉内剛先生もこの空気が沈静融和する迄は、辛棒強く世間話で時間を過ごさねばならない。

「お子さんが大勢いらっしゃるんですね」

私に聞きながら、おもむろに、融和工作に取りかかる。

ここで私は、夫婦と藤倉君を急速に接近さすべきだが、まだ録音機は、崖上の農家に待機させてあるので、ここで急速調にやってしまっては、録音がお芝居になる。

「やっぱり、お堂の連中は、ちがっていました。この自在鉤を使うのは、この人たちだけでした」

私はそんなことを言って、藤倉君を瀬降夫婦が余り口をきかないで呑みこめるようにつとめた。この時間は、たしか十一時をちょっとまわった時刻だったと思う。その

間に、女房は沢庵を流れの清水で洗って、割竹を並べた上にマナ板をおいて、切っては指でおさえ、手際よく鉢に盛った。それからまたマナ板を流れで洗って、その上に茶道具をのせて炉ばたに持って来た。瀬降のあるじは私の左に廻って来て、しゃんしゃん沸《たぎ》っているお湯で茶を入れてくれ、アルミの急須と、寄せ揃えの三つの茶呑茶碗とを、マナ板の上においたまま自分の座にかえった。

「何だおい？　茶を入れっぱなしにして」

私が言った。

「おとッさんだけならいいけど、お客さまがいるから、おいたんだよ。人によってこんな所の茶はのまねえからな」

女房が言う。

私はマナ板を引き寄せ、藤倉君につぎ自分もついで呑み、瀬降の主人にもついでやった。

茶は、私の家庭で客に出している上茶におとらないし、湯はたぎっているので非常にうまかった。藤倉君も何ばいも飲んだ。彼らのお茶は潔癖なところが特徴である。

彼らは、なまぬるいお茶のことを、「比丘尼の小便」といって、そのような呆けたお茶は瀬降の生活にはないものとしている。

私は呼吸をはかって、「どうだい、おたがいの話し声を録音にとってもらって記念に残しておこうじゃないか」と言った。

「そうだね」

辰さんは篠竹を削りながら頷いた。

「おヒロさん、どうだい？」

私が言った。もちろん、私を改めて、おとッさんと呼ぶことにしている――のだから、頷くのが自然である。彼らが「おとッさん」と呼ぶのは、

「しんみな旦那筋」という意味である。

「じゃあ、声をとって下さい」

私が、藤倉君に言ったのである。藤倉は、「待ち切れなかった」という顔で、

「それじゃさっそく準備をさせます」

と言って農家に引きあげていった。私はその留守に弁当を食べはじめた。そして藤倉君のさし出した宝焼酎の栓をぬいて私が用意して行ったコップを出して、夫婦にすすめた。

「大宴会とゆこうじゃないか」

私がいうと、辰公がコップをとって、

「大宴会とまではゆかねえがこれあ利くぞ」

と、女房に言った。私が弁当を使いかけるとそこらにいた瀬降の子供たちは、母に

言われて栗取りに行ってしまった。

録音開始

藤倉君が戻って来て、「今準備をさせておりますから」と言って、三つの折詰をもって来た。一つは私のだと言ったが、私は弁当を食べてしまったので、三つとも瀬降りの女房に渡した。

藤倉君は、手弁当をひらいて、熱い瀬降のお茶で食べながら、いよいよ始まる仕事の下地ならしの会話にとりかかった。藤倉君の弁当が終ったところを見はからって、はじめて小田プロデューサーが顔を出した。私は、

「きみ、新聞社の連中は？」

とたずねた。

「大丈夫です」

小田君は笑顔で大きく頷いた。針金をひっぱった芋みたいな移動マイクが、声を吸い取りにやって来た。藤倉アナウンサーの顔が、いよいよ緊張して来た。馴れ切った早口で、要領をおさえた探訪開始である。私は山椒《さんしょ》の木で出来ている自在鉤の説明をまず始めた。そして改めて、

「藤倉さん、夫婦を紹介しましょう」

といって、辰さん夫婦を紹介した。するとあとは、困るくらいな好調子で、サンカとアナウンサーの会話は辷《すべ》り出した。

来る途中で、「僕は何もかも知ってるだけに、素人の興味がどこにあるか判りません。といってくれたら、何でも聞きますから」と車中で藤倉君に言った。「その点をこれからお願いしたいと思っています」と藤倉君はいった。が、ついに何もお願いされなかった。

それが、さて、紐つきの芋を持ち出したとなると、藤倉アナは、河童が水に戻ったみたいに、直進また直進。聴取者の喜びそうなことを、次々と追っかけてゆく。その目色、顔色、手つき、足の構え、腰のすすめ方。見ている私の方が、よっぽど面白い。私も新聞記者時代には取材のためなら、どんな難儀でも押し切ったのだが、アナウンサーの探訪ぶりの品の良い真剣さには、惚れてしまった。

藤倉君は、アナウンサーとして、一級の人になったが、これが新聞記者になっていたらやはり名記者になっているだろう。そんなに月給が高いとは思えないが、この態度、この熱意、とても月給では買えない大努力の人だと思った。こんな仕事熱心の人に力を添えることは私も満足だと思った。

探訪録音は、ついに三時間に及んだが、まだ、はてしがない。ちょっと中断した時に私が、

「どうです?」

と聞いたら、彼は緊張の中に満足を充満させ、

「長編放送になりそうです」

といった。十五分間の社会探訪の時間に割りあてるとすれば、十二回の連続放送になる分量となっているからである。

瀬降の女房はついに、どどいつも唄った。

騒動おきる

この時小田君と、藤倉君が、こそこそ、密談をやりだした。私には聞えないが、藤倉君が満面に朱をそそいで立腹している。この人の憤慨する声は非常に珍らしいから、私は(さては?)と感づいた。

「僕は知りませんよ。三角先生でなくては僕は知りませんよ」

藤倉君の声が聞えた。

「来たんですか?」

私がそっと藤倉君にたずねた。藤倉君は、半分泣きたげな痛憤の色を額に浮べている。

「はあ、どうして、ここを漏らしたんですかネ、さっきから農家に大勢押しかけてい

て、ここに来ていいかと、うるさくいってるんだそうです。小田君が止めかねているんですけど」という。

「では録音は、もう駄目ですよ」

私は瀬降の者には聞えないように言った。

気がついてみると、吾々の右手と前面の、弁天池の縁は黒山の人だかりである。この山の中に、この大人数がどこから来たのだ。部落はちらほらだが、吾々を取りまいている人間の頭の頭数は二百を越す。

この時、藤倉君の質問に応えて、箕の修繕をする実態を、女房が私に実地で説明を始めていた。

ある油絞め屋から預って来た三枚の、破れた箕を、町はずれの木蔭で、陽が西に傾いたころ、気ぜわしく修繕する時のありさまを女房がやってみせるのである。

「なあ、こいつは、こんな破れだ。これを、早く終らないと、オッちゃんが待ってる。おてんとう様も山のあっち側におっこった。早く帰らねえとオッちゃんが待っとる。くそ早くオッちゃんに抱かれてえなあと思う時は、こんな風に、ここんところ辺りに、この篠を刺して、こっちからこうやって、手早いことをやる。それから、ここは、一二三四、と四本ほど刎《は》ねて、これをこういう風に突っこんで、ここに藤をはさんで引っぱり込んで、こっちにオイヨと返して、こうやって、つうッと引っぱるんだ。ほらみな、ちゃんとなったろ。ほれ、とッさん、やってみな」

菜種の絞りカスを運ぶ箕だから、油のカスが沁みこんでいる。それを私の膝の上に冠《かぶ》せて、やってみよというのである。

これも放送局のためなればと諦めて、私はやってみる。私は元来手先が器用だから、とっくに、箕の修繕など見覚えでやってみたことがある。やってみせると、「ぐっと入れて腰でぐいと押すんだ」などと側からいう。

箕は肩と、袖と、身ごろの三名称で出来ている。腰というのは、網目に刺して藤を引き込む道具の中要部をいうのだ。腰を曲げて、ぐいと押さないと、尖端が網目に突き刺さってゆかないのである。

裏表一目通り修繕してみせると、女房は、「うめえうめえ」とほめて、「今度は、念入りを教える」といって、横刺しをはじめた。

女房の大憤慨

この時である。突然前面群集の中から、尖光が光った。と思った瞬間、また光った。写真班ニュース班の襲撃である。

いい気持で、裸体で箕の修繕を説明していた女房の顔色が、さっと変った。

「やい？」

写真班を睨めつけ、私に向かって、

「お父ッさんは止めないのかい？」

と来た。私も、すくなからず、狼狽した。予期した事とはいいながら、たしかに、彼らにはニュースバリューのある場面である。

「箕づくりの三十女が、裸体《はだか》で箕を修繕しているところを、誰に話をつけて写すんだ。この野郎」

女房はカメラマンを呶鳴《どな》りつけ、私に、

「おとッさん、これでいいのかよ？」

箕を叩いてつめ寄って来た。藤倉君も怒りだした。

「小田君、どうするつもりです。こうなることは判っていたんでしょう」

今にも、マイクを叩きつけそうな血相である。

小田君は、まごまごしながら泣きそうな顔である。新聞記者も写真班も立往生してしまった。私もたまりかねて、

「俺がつれて来たんじゃないんだが？」

といってしまった。それを聞いて、女房は大声をたてて泣きだした。

泣きながら、凄い権幕でたちあがった。刃物を持たねばよいがと思って、私は、は

らはらしながら亭主と女房の顔色を睨んでいた。

辰さんは、先刻から、じっと向こうの藤の木の下に行って作業をやっていた。それが大人物の如く、この騒ぎに眉一つ動かさず平然として、箕の材料にする篠の割竹を削っている。私は、これが女房に少しでも、目配せするようなことがあれば、命をかけて、皆を守ってやらねばなるまいと考えて、端然と坐って見守っていた。

女房は、地面に打ち込んであった物掛けの枝木を引きぬいた。そして、私の頭のそばの、杉の大木の幹を力いっぱいひっぱたいて、木ぎれの性根をたしかめたのである。

「この野郎」

カメラマンめざして、池の縁に駈けだした。新聞記者はもちろんカメラマンは、写真機を小脇に抱え、恥も外聞もなく、蜘蛛の子を散らすように、さっと山の中に逃げてしまった。その電光石火の逃晦ぶりは、なかなかの見物であった。女房は、さらに取ってかえすと、鎌を手にして追っかけた。この時、小田君は決死の思いで松の廊下で女房を抱きとめた。敵に逃げられた女房は、「口惜しい口惜しい」といって、池の縁をめぐって、絵馬堂の前の草の中に泣き伏してしまった。

藤倉君は、かんかんに怒って、小田君を呶鳴りつけにゆくのである。小田君は、平蜘蛛のようになって両手をついて女房に頭をさげるのである。

夏草に泣き伏した女房の手を取ったりして、小田君は謝ったり慰めたり、おべっかをいったりして必死である。

だが女房はきき容れない。「口惜しい口惜しい」といって小田君を突きとばして泣きわめく、その気勢はただごとでは済みそうに見えない。私は、亭主のところに行って、どうしたらよいかを打ち合せたいのだが、藤倉君に下駄を穿いてゆかれたので、素足でゆくのを止めてやはり毛布の上に坐っていた。女房は「イッポンマツだあ。サイギョウだ」と、早口でわめく。駐在所にもゆくし、仲間にも急報するというのだ。

状勢は、決して楽観を許さない。万一の事まで考えに入れておかないと、未知の体験をしている彼らの上にも不幸がおきるかもしれない。万一の事というのは、山刃《うめがい》など手にするような騒ぎである。それが今にも起きそうな形勢である。

私は藤倉君に下駄を貰って山に逃げ込んでいる読売の青木記者に会った。

「こんなに怒らせてどうするんだ？　どことどこが来てるの？」

と聞いた。青木君も、まさか、こんな事になるとは思わなかった、という顔で頭を搔く。

「読売と東京タイムズと、僕の方のニュースも、ほかに雑誌社も来てるんです」

ニュースというのは、読売のやっている国際ニュースで、来ているのはカメラマンの大島君である。このほかに、放送局の雑誌「放送」も記者や写真班を寄越していた。

「僕が放送局に、いいのこしておいた事を聞かなかった？　明日でも僕がいっしょに来て満足のゆくように取材に協力するからといっといたことを」

私は、仕事の性質を知っているだけに、同情しながら叱った。

私の大あやまり

「やり方がまずいから、こんな事になるんだ。あとで、どうにでもしてあげるから、今の写真をオヤジにやらないか」

私がこういったからといって、一ぺん撮った写真を差し出す筈はないのである。これも私の体験が看破する。それでよいのである。それに代るものを出せばよいのだ。青木君は東京タイムスの菅記者と相談して、四枚の種板を私のところに持って来た。しかしこれが露出済みのものであるか、未露出のものかは、現像前のものだから判りっこない。

恐らく、その場のがれの、種板であることは私だけが知っている。私はそれを持って辰さんの側に寄った。

「これは、いま撮った写真だ。だが、薬につける前だからまだ絵が出ていない。あの人たちも、無断でわるかったといってるから、私にめんじて許しておくれ。私は頼まれた訳ではないが、私が来た為に、みんなが追っかけて来たんだから気をなおしてもらいたい」

私が、こんなバカらしい謝罪をしたのは始めてである。辰さんは、種板をポケットに押しこんで、

「写真を、どうしても撮らなきゃ、いけねえんですか」

という。腹にしまって、沈黙していたことが判る。

「あの人たちも、社からいいつかって来ているんだから、仕事が出来ずに追いかえされたとあっては、かえれないんだ」

私がいうと、考えていた辰さんが、

「あなたが、いいと思ったら、いいです。乗りかけた船だもん」

というのである。

「おヒロさんのいうことが本当だよ。俺は、みんなの仲に立つだけだ。それかといって、一途に思い詰めた事をされても困るからなあ」

私がいった。辰さんは頷いた。

「いいです。おまかせします。あいつの事は俺が引き受けます」

辰さんは、あたりを見廻して、もう一度頷いた。

私は考えた。（よし、今日はともかく、あす一人で出直して、あと片づけをしよう、今日はみんなに、仕事を完全にさせてやろう）と。

というのは、この場は、空フィルムを私に渡して、彼らはこの場をのがれるが、こ

のことは、一社ならともかく、二社が来た以上、きっと記事も写真ものせるにきまっている。さらにニュースもある。これが公表されたら私がここの亭主を欺《だま》したことになる。そんな不徳義は私には出来ない。どうしても、新聞に出ることも承知させておかねばならない。彼らの先輩としても、そこまで配慮しておくのが私のつとめだと考えた。

私が、新聞記者の頃熱海地方に大地震があった。その晩、私は朝日新聞社の宿直室に寝ていたので、気象台にすぐ車を走らせて、現地出張の国富技師に同行する約束が出来た。

私は写真と二人で自動車を気象台に待たせておいて、国富技師の出かけるのを地震係の国富さんの部屋で待っていた。国富さんは「ちょっと便所に行って来ますから」といって、私を欺《だま》して出かけてしまった。私達は、後を追ったが自動車がついに追いつかず、技師の現地視察を記事にする事が出来なかった。

現地から帰って、宮城の敷地つづきの地震係のところで国富技師を難詰した。「私は、あなたの仕事の邪魔をした覚えはない。今朝だって、私はお伴することについて、邪魔か邪魔でないかを、伺った筈である。あなたは差しつかえないから一緒にゆこうといわれた。その口の下から、私をまいてゆかれた、訳を聞かせてほしい」といったら、「大臣に報告しない前に、号外などに出されると、私の立場がなくなるので、不信とは思ったが、あのような態度をとった」といった。

彼は学者である。学者が保身のために、公人の新聞記者に二重人格を使った。この事はいまだ私の忘れることの出来ない恨事だ。私は新聞記者時代に、取材上において、捜査の妨害やその他の機密に関する事項などはもちろん相手から、ちょっと困るからといわれた事や、約束をしたことについて、約束を破って素破《すっぱ》ぬいたことは一度もない。それだけに人に裏切られた事もない。私を裏切ったのは、国富さんただ一人である。だから私は、彼の人格を今でも軽べつしている。

藤倉君大不満

こうした事まで思い出した私は、辰さんに話を入れた。

「やっぱり写させてやってくれ、私が明日また来るから」

「しかたがねえでしょう」

辰さんは竹を削る手をやめながらいった。私は彼らの逃げこんでいる山に行って、

「電球を、ぴかりとやらずに写せよ。そうでもしなきゃ、写真をのせられないから」

といった。彼らはおりて来て、ぱちぱち、じゃあじゃあ音をさせていたが、もう先刻撮ったような好場面はなかった。録音もこれでおじゃんになってしまったのである。

藤倉君は、いつまで経っても不満である。

「私が二年がかりでやってる仕事を、あんた方は、めちゃ苦茶にしてしまった」彼らには、そういって突き当るし、私には「申し訳ない」と謝る。新聞記者諸君も良い人たちだけに、「済まない」と謝る。出来てしまったことは、もはやどうにもならない。私も、「困った困った」といいながら、藤倉小田両君におくられて帰って来た。

青木、菅の両記者も、まだ聞きたい事があるといって宅について来た。藤倉君も、拙宅まで私を送って来て、

「明日でも明後日でも、あと始末にお出かけ下さるなら、小田君がお伴しますから」といって先に帰った。青木君もそれに対して、「いや、そのお伴なら私の方でしますから」といって、これは菅君と二人で私の家の座敷にあがった。青木君は、

「午後だとばっかり思っていたら、もうお出かけになられたというもんですから、すっかり慌てて追っかけまして、えらい御迷惑をかけました」

という。そして、補足質問をして、取材の整備を終り、彼は、今日の事にこりもせず、かえってスリルと興味を覚えたと見えて、「今度、大菩薩峠で山窩の集まりがある時は、ぜひつれて行って下さい」

との申し入れをして帰って行った。

再び瀬降行

翌朝の読売を見たら、果して、ライトを光らして騒動をまきおこした写真が載っているのである。電球を燃して映した自在鉤の蔭がちゃんと映っている。しかも、私と瀬降の女房とが並んで箕の修繕をしている写真だから騒ぎの前の写真である。私が考えたとおりの始末である。

私は、その新聞を持って、若い者をつれてその足で瀬降に出かけた。瀬降のまわりの笹や萱は、まだ朝露に濡れていた。

私は、昨日の事について、充分に心を労《いた》わった。そして、新聞に写真の出たことや、やがてニュース映画に発表されることや、放送になることなど、意をつくして納得させたのである。夫婦は承知した。女房は、

「おとッさんにゃ済まねえと思ったが、癪に障ってならなかったんだ。でもよ、オッちゃんが黙っとれというから、なんにもいわねえから、安心満足でいておくれ」

といって地面を見つめた。

「でもよ、今度、あんな事があったら、おいら、転場の意地を徹してやるんだ」

女房は、お茶を入れながらいう。亭主は、物をいう代りに、煙管《きせる》の吸殻を、ぶすりと吹きだした。

私は笑いながら話を替えて、おヒロさんの身の上について、たずねた。桶川の太一の一家の事から、はなしをはじめて、瀬降の者の、興亡をたずねた。家作を何軒も持って、すっかり素人になりすましている者の話や、ちゃんと定住者になっていて、箕直しに出歩いている者の話などと話は尽きない。

千葉の沼べりの瀬降場に、房総の山窩を訪ねて、私が近日ゆくことになったのも、その話からである。ここには七十人の箕づくりがいる。そこから、連絡係が十日ほど前に来た。それで先方の様子がよく判ったから、すぐ行けというのだ。私の知ってる者が、組合長になっているというのだ。（放送局の探訪は、この方がよかった）と思ったが、もう二番煎じだ。それにここは集団だから、慎重を期さねば、より以上の騒動がおきるかもしれない。

夫婦は、私に、「今晩は瀬降に泊ってゆけ」としきりにすすめる。

「おいらが、うんと御馳走をする」

と、おヒロさんはいう。

「いや、今晩は用があるから、また出直してくる。その代り、今日は陽が暮れるまでいる」

といって、私は夕方までいた。そして私は彼等の長男で十歳になった始というのを学校にあげてやる事を引き受けて来た。おヒロは、

「オッちゃん、おれ、きょうは、おとッさんを見送ってくる」

といって、自分は末から二番目の娘を背負い、十五のはな子に末子を背負わせ、長男始をつれて、私を半里の駅まで見おくって来た。

「一緒に、話しながらゆこう」

というのに、一族は、先に、たったと素足で野道を歩いてゆくのである。子供を背負った母と娘が並んで、母の前を長男がゆくのだ。母は娘の背負った末子の腕をつかんで、かぶりついたりしながら、もつれながら、たったとゆく。今にもおち切れそうな、のこりの夕陽が、母子の背に照っている。夕陽を背に浴びて、武蔵野の野道を、素足で、たったと歩いてゆく後姿は、何ともいえないメランコリーである。

しかも宙をゆくように身の軽い、早足である。私は、今にも見失ないそうになってはやっと追いついた。私は連れて行った若い者を振りかえって、

「あの後姿を見て、どんな感じがする？」

と聞いてみた。先をゆく母子に目を注ぎながら、

「腰だけで歩いてるようです。左肩を前に出して、躰をひねってます。とても精悍な感じです」

という。初めて、彼らと知り合った若い大学生の実感である。私は追いついてはな子に聞いた。

「足腹が痛くないか？」

と。彼女は、にっこり笑って、痛くないと頷いた。

「これが何よりの薬です。こうして育てておけば、炎天の線路を歩かせても、三里ぐらいは二時間くらいで行って来ますからねえ」

母親は、気軽に説明するのである。

「炎天の砂利の上を歩かせてはと、よくいわれますけど、そんな事を聞いていた日にゃ、弱くなって手がつけられなくなりますよ」

やはり母親のつけ加えの説明である。

「子供たちに活動写真を見せたことがないといったな、子供たちは見たくないんだろか？」

私が聞いた。

「みたいとも思わないですよ。でも見せてやりたいです」

という。

「そんなら、今度、私が、自動車で迎えに来て、東京へ連れてゆこう」

といったら、

「お願いします」

といった。私は、いつか約束を実行しなければならない。と思って、折から来合せた電車に乗った。彼女たちは駅の構外の線路ばたに立って、私が見えなくなるまで手を振って見送るのである。私も見えなくなるまで窓から手を振った。

三十一日の日に放送局に行って、録音の編集に立ちあった。一回三十分の長放送にする筈で部課長会議まで開いたが、どうしても、家庭音楽の時間を中止する訳にゆかないということになり、十五分ずつ二回に分けなければならないという。七十分も取った録音を、たった十五分に縮めるのは、興味も半減するし、いかにも惜しいと藤倉君がいいながら、小田君と二人で全部の録音を聞かせてくれた。

その中でも、新聞記者や写真班が追い散らされる場面は実に切迫感が強くてはらはらさせられた。それに藤倉君が小田君を叱るところなどは、とても興味が深く手に汗を握る。ここだけはどうしてもカットしないでやりたいと私は主張した。というのは、この編集をしながらも、小田君は、「あの時のような、未知の恐怖に襲われたことはなかったです」とつくづくいうのである。

それだけに、カットしてゆくのも並大抵の労苦ではない。私もつき合いながら疲れてしまった。ほんの十五分間の放送にも、これほどの苦心がひそむことを聴取者は知らないだろう。

ところが、この、もっとも興味ある、藤倉君が、小田君を呶鳴《どな》るところは、小田君の三拝九拝に依って、ついにカットされたのである。だが、この放送は、ラジオの社会探訪が始まって以来の大ヒットであると、ラジオ評は一斉に筆を揃えた。

その評の中でも、放送局が、かかる放送をわずか十五分間に区切って二回の連続にしたのは、ゆうずうのきかない事で、興味は半減されたと書いたのもあった。いずれにしても、聞きごたえがあったとの評は一致していた。

未明の客

それは良いとして、それから数日後の夜のひけ明けであった。私は二階の書斎におきていたが、家人は誰も起きていなかった。と、表門で、誰かのひそひそ声がした。耳を澄すと、「裏門に廻りなさい、起きてるでしょうから」という近隣のオカミサンの声である。「こんなに早く誰が来たのかな？」と思って、女中をおこして、裏門をあけさせると、そこに、辰さんと、おヒロの夫婦が、編みたての、竹の香も高い箕を二枚、肩にして、背中には、一人ずつ子供を背負って立ち現れたのである。「おお来たのか。随分早いね、まあ上がれ」

私が茶の間に招き入れると、夫婦は、それを断って、玄関に立ったままいうのである。

「新聞やラジオに出たため、警察や村人たちから、追い立てを喰ったので、移動をします。それで、次にゆく所を通知しておこうと思って、オヤドリに起きて来ました」

オヤドリというのは、一番鶏の啼く時刻である。十里の道を歩いて引きあけに東京に現れたのである。

「それは気の毒だったなあ。まあ朝飯を食ってゆけ」

といっていそいで仕度をさせたが、何としても上がろうとせず、「握り飯をこんなに持ってますから」といって、風呂敷包みを見せて飯も食わずに、次のゆき場所をいって出て行った。

箕は、私への手土産だったのである。私はその一枚を藤倉君に記念に進呈した。

あの時の新聞を読まれ、ニュースを見、放送を聞かれた人々に、私はお願いする。どうか、彼らの上に、幸福あれと、祈ってやって下さい、と。

笑《わらい》死《じに》

いまだ拝顔の栄も得ませんが、オール誌上その他にて、山窩《さんか》に関する御研究を拝見し、非常に興味深く感じております。老生は、大阪府警察に、刑事係として四十余年勤務いたし、山窩に関しては、多少の経験もございます。

なかんずく、明治四十五年頃と記憶いたしておりますが、山窩が巡査を捕縛いたし憲兵隊に引致《いんち》いたしたる事件あり、また巡査が山窩のために殺害《せつがい》されたる事件等もありました。

元来、関西地方は、丹波に土地的関係密接なるがために、御承知のごとく、彼ら一味の去来はなはだしく、特に高野山を中心に、山城紀伊和泉等は、山窩の「世《せ》振《ぶり》」もっとも顕著でございます。

（老生は瀬《せ》降《ぶり》を特に世《せ》振《ぶり》と書きます）

そして、大体は関東の山窩と同様でありますが、関東の山窩に比し隠語は少々異るかのごとくも考えております。

しかし、左様なる個々の問題は別として、巡査殺害《せつがい》の珍事件御参考までに書き送ります。お役に立てば幸甚に存じます。

水浴の美女

さて、関西地方の山窩が、高野山を中心にその瀬降《せぶ》りを、大いに盛んにしていることは前申しあげたとおりでありますが、その分布を申すなれば、何といっても、山城、大和、和泉、紀伊等がもっとも多く、現今に至るもなお去来いたしおる次第であります。

この者たちは、関東方面の仲間と異り、大親分直属の者が多きため、その者たちは、余り移動せず、他の者のみが移動することになっております。それも、十月より翌年五月まで山間に瀬降り、五月より海辺の平地に下り、それぞれ平地の世振に変る状態であります。

その親分は、南部《みなべ》松吉、橋本留吉、嘉祥寺《かしょうじ》万吉、尾生《おぶ》虎吉、尾生津奈次郎《おぶつなじろう》、大川竹松等にて職業は、箕《み》づくりがもっとも多く、中には、網番溜池番人などという異った生活者もございます。

網番は、海辺の鰯の網の番人、溜池番人は、用水溜や、養魚池の番人。いずれも一夏何程《ひとなつなにほど》と、最初に管理人と契約して引き受けるのであります。そして大びらに、その汀《みぎわ》に瀬降を張ってかたわら箕をつくりながら、悠々自適する者、または池の鯉や鮒を捕って人家に売り歩く者など、その世振りの態《さま》は、これ全く自然人であります。

ところで、この者らは御承知の如く、ふと、悪魔の私語を感ずると、欲するがままに、戸切《とぎり》となり、焼切《やきぎり》となり、その神出鬼没な犯行で世人を戦慄せしめます。

そこで、巡査殺しでありますが、それは明治十三年九月三日のことでありました。その前後において、大和、和泉、紀伊の三地方に、突然怪しい魔風が吹きはじめました。どんなに厳重に警戒していても、まるで、魔風のように、いつとはなく、町や村に、何者とも正体の知れざる者が現れて、鋭利な刃物で戸を切って、音もなく家内に忍び込み金品を窃取《せっしゅ》して立ち去る状態《ありさま》。

かと思うと、またそれ以上巧妙に錠前を焼き切って、誰も気づかぬ間に、同様なことをしてゆくという状態《ありさま》。

そこで、今から考えると、ずっと手薄だった各警察では、ほとんど、全員を挙げて、この正体を摑むべく捜査に努力いたしました。

しかし、藩政から、明治になってようやく十余年しか経っていないので、探偵術など、はなはだ幼稚なもので、なかなか思うようにはゆきませぬ。

その折も折、もっとも多く被害を受けていたのが、和泉の貝塚警察、そこで、この署に勤務していた渡辺貞次という、まだ二十九歳であった青年巡査が、

「どうも、私の思うには、あのやり方は、箕づくり共の仕業ではないかと思う。あの戸の切り口は、どうもあいつらの持っている山刃《うめがい》と合うように思うが。」

といい出した。実に、見識の高い、卓見ともいうべきことでありました。渡辺巡査は、

「ともかく、私は、あの清児《せちご》の火葬場のところにいる奴が、どうも怪《あや》しいと思うから、いい、ひとつ引っ張ってみる。」

と申し、不用意にも単身で出かけました。

この清児《せちご》の火葬場というのは、岸和田市とつづいている貝塚の町から、今でいうなれば、水間電鉄に添って約一里ばかり東南に行った田の中であります。

この辺りは、沼や、溜池が多くて、平坦でありますが、火葬場のところには、それでも雑草など生い茂って瀬降にはもって来《こ》いの場所でありました。

果して、火葬場の横の雑草の蔭に、要領よく、他所《よそ》からは容易に判らぬような一張りの瀬降がありました。

渡辺巡査は、何ら危惧の念も抱かず、歩み寄りました。すると、瀬降のやや手前に、ちょっとした清水の溜池があって、その汀《みぎわ》で、一人の女が水浴を致しておりました。

大そう色の白い女が、インキのように青い色の水につかって、じゃぶりじゃぶりと、秋の陽射しの下で、水を浴びていたので、渡辺巡査も、ふと足を止めました。

それも相手が男なら、何でもなく側に寄ったでありましょうが、もう三十を過ぎている女らしく充分な女盛りに見えました。そんな女が、誰も来ないと思って、安心しきって水浴しているので、三十前の青年巡査は、かえって恥かしく思ったとみえます。

ところが、女の方が、先に巡査を見つけた。それは恐しい顔で、私服姿の巡査を、水の中からじろりと睨みつけていたが、じゃぶんと音を立てて、岸に飛びあがるなり、草の上に干してあった肌布《はだぎ》を握ったまま、すぐ側の瀬降の中に飛び込んだ。そして（ほれ変な奴が）と渡辺巡査を指さした目附きが、渡辺巡査には、どうも尋常には思われなかったので（これはこのままにしておいて、夜、こっそり引っ張りに来よう）と考えて、ひとまず何喰わぬ顔をして引きかえしました。

観音寺裏の瀬降

ちょうど、夜の九時頃でありました。渡辺巡査は十手を懐《ふところ》に、捕縄の欠点など検《あらた》めたのち、再び火葬場に出かけました。

これを、今でも、どうして止めなかったかと、話の出る度《たび》に申しますが、何しろ、その時はみなが冷静を失って、何でも検挙しなければの一心だったので、渡辺巡査も、同僚を誘っている暇もなく、また同僚たちも、それを止めている暇もなかったのであります。

火葬場の瀬降についたのが、ちょうど十時、既に瀬降の灯は消えて、中はひっそり。充分意を決している巡査は、外から怠りなく容子《ようす》を見極めておいて、

「おい？　おいこら？」

と声をかけました。おいこら――まことに変な呼び方ではありますが、相手の名が、はっきり判っていないので、そういって呼んだ訳でありました。

「何どす？」

にょきと、中から首を突き出した男がありました。四十がらみの、はなはだ激しい顔をした男でありました。

「ちょっと、用があるから、一緒に来てくれ。」

ぐいと、相手の手首を握った途端に、巡査が「うん」と一声あげて、横に倒れました。相手に肺を刺されたのであります。刺した男は、血のついた山刃《うめがい》を、巡査の着物で拭うと、

「それ。」

と中に向っていいました。と中から、水浴をしていた女と、十三歳位な娘とが出て来て、たちまちのうちに、瀬降を畳んで、そのまま南に逃げてしまいました。

ところが、誰も見てはいなかったろうと思われるこの瞬間の巡査殺しを、最初から見ていたのがこの火葬場を根城にしていた一人の乞食でありました。

乞食は、このことを火葬場に知らせるし、火葬場からは、警察に届け出でがありました。

そこで型の如く、上を下への大騒ぎになりました。殺された巡査の気の毒なことはいうまでもないが、警察威信のためにも一刻も早くその者を捕縛しなければということになり、貝塚署はもちろん、隣接各署も総動員という事態とは相成りました。

それにしても、その犯人について、顔を知っている渡辺巡査が死んだので、その人相や素性を何らかの方法で掴まなければなりません。

いろいろ調べると、これは当時岸和田町地蔵浜にいた親分大川竹松なる者の子分で、岸和田浜町に生れた普通人《ふつうじん》出身の山窩、本名日高芳松《よしまつ》という当年四十二歳の者であることが判りました。

そして女は、その妻タケ三十七歳と娘小竹十三歳ということも判りました。芳松は、早くから竹松親分の瀬降に身を寄せていた甲州生れの、生粋のタケに、いたく惚れられて、仲間にはいり、改めて夫婦になったというロマンチックな山窩であります。

ここまで詳しく判ったので、

「それなれば、普通の山窩とはちがうから、逃げることも下手くそであろうし、何かにつけてまごまごしているに相違ない、それ、追跡だ。」

ということになりました。ところが、さてとなってみると、それまでその附近一ぱいに瀬降っていた山窩がその夜限りどこへどう行ったのか、南海地方には一人も見えなくなりました。

だからといって、再び出て来るのを待っている訳にはゆかないので、それぞれ手分けをして不案内な山の瀬降のあとを和泉、紀伊、大和にわたって大捜索をつづけてゆきました。と、普通人《ふつうじん》から山窩になった芳松が、瀬降を背負って、宙を駈けているのに出合ったという者が、貝塚から和歌山までの八里の間に、三人も出て来ました。

真夜中の紀州街道を、棒を横にしたように一文字に足をのばして、風を切って、親子三人で走っていたが、その恰好は人間業とは思えなかったということでありました。

こういう聞き込みを得て、捜査の面々は、それとばかりに追跡しました。すると、芳松はその夜のうちに、和歌山の市内を横切って、和歌浦町に流れ出ている和歌浦川を伝わって、紀三井寺の瀬降につき、そこで一晩泊って、翌日はその瀬降の者といっしょに長峰山脈を越して、有田川を横切り、日高川を渡って南部川《みなべかわ》の川口の南部《みなべ》に出たことを突きとめました。

ここには、前記の南部《みなべ》松吉という、土地の南部を姓としているほどの有力な親分がいるので、事件の始終を話し、今後の指図を受けに行ったのであります。

そこで松吉は、これに、さらに大早駈《おおのり》を命じ、三重県の北牟婁《むろ》郡尾鷲《おわせ》村の観音寺裏の瀬降まで場越《ばごし》をさせたあとでありました。

この尾鷲は、明治二十一年に町になったが、昔から竹細工の産地で、この竹細工そのものが、もともと山窩から出ているというだけに、彼らが瀬降るには、はなはだ好適の場所であります。

東は、有名な熊野灘に面し、湾はぐっと後に腰を引いたように引っ込んで、前は右が楠本鼻《くすもとばな》で、左が尾南曾鼻《おなんそばな》、その中間には佐波留島《さはるじま》が玄関のように控え、まことに静かな潮をたたえております。

そして後ろには青和谷国有林を背負って、道路は、海岸線と山添に一本ずつしかないので、潜伏するには何よりの場所であります。

しかし現場からここまでは、紀伊と大和の国境に添って、熊野川を渡り、幾つもの山を越してるので、直径だけでも二十里もあります。

それを、芳松親子は、その翌日一日で駈けつけ、観音裏に瀬降ったのでありましたが、惜しいかな、捜索隊がこれを知って到着した時は、既に伊賀方面に向って、永久に姿を晦《くらま》したあとでありました。

切歯扼腕したが、関東に向かって逃げたという風評もあり、いかんとも手の下しようがなくなったのでありました。

やむなく、大阪地方裁判所では、漫然とその出現を待つことも出来ず、これに対し、欠席のまま、無期懲役の判決を申し渡しました。

見つかり次第芳松は、無期で投獄されることになったのであります。

闇

それから十三年経ちました。捜査する方では相手が同僚の仇《かたき》であるから仇討《あだうち》と同じくらいな執念深さで、芳松を忘れることが出来ません。

と、その年の二月頃から、和泉の、泉南泉北一帯にわたって、岸和田貝塚を中心に、またまた戸切焼切《とぎりやきぎり》の犯行が連続発生するので、吾々は猛然と、これが検挙に全力をあげることになりました。

「芳松を逃《のが》しっ放しにしてあるものだから、こっちを舐めているのだ。」

こういって、皆々決心を固め死を覚悟で鋭意捜査に努力いたしておりました。しかるに、前同様さらに、その手係りを得させないので、かくなる上は、現行犯を押えるよりほかに手段はないということになり、吾々探偵共は、現金を扱う、しかも物淋しい場所にある店を選んで、張込みをすることになりました。

こういうことをするのは、全く手段の尽きた時であります。先年東京で、その出没の奇怪を恐れられた説教強盗の場合には、警視庁の探偵たちは、現場方針を立てて出没しそうな地区を選んで、夜な夜な張込みをつづけ、三年間も苦労して、いつも、相手に、その裏をかかれたというのと同様、吾々も徒労に徒労を重ねました。

かくいう老生も、その当時はもっとも元気盛んな時代でありましたので、夜な夜な紀州街道を行ったり来たり、なにとぞ山窩に出会いますようにと神仏を祈っておりました。しかし、神も仏もないものか、さらに、さような者には出会わない。そこでかくなる上はぐんと方向を変えて、町中で張り込みをしてみようと思いつき、忘れもしない、二十六年二月十七日も真夜中の、午前二時頃のことでありました。

寒風が、骨身に沁みる夜でした。紀淡海峡から、大阪湾に吹き込み、さらに葛城山脈にぶちあたって、冷え切って来る風は、頬を凍らせ、腹の中までも冷めたくしみ込み、じっとしていると凍死さえしそうな夜でありました。

私は貝塚の町まで出かけ、さらに引き返して、岸和田兼松町の町はずれまでやって来ました。

そして（この辺は、たしかに山窩の奴めが去来しそうな場所だがなァ）と、森《しん》と静まり返ったあたりを見廻しておりました。

月もなく星も見えぬ、妙に、うら淋しい紀州街道の二月の空でありました。

とぼりとぼりと、歩をはこびながら、立ち寄るともなく、ゆくてに見えていた昆布や雑貨を売っている下田喜太郎の店さきに差しかかりました。

（こういう商家には、よく山窩が押し入るのだがなァ）

と考えながら、ただ、じいっと軒下に立っておりました。不思議なもので、夜道を歩きつけると真闇《くらやみ》の中でも、おぼろ気には、物の輪廓ぐらい見分けることが出来ます。

と、
家《うち》の中から、がたがたッと、鼠の暴れる音が聞えました。

（ああびっくりした。畜生）

自分ながら、おかしいやら、腹が立つやらで（こんな臆病なことでどうする）と思い、なおも立っておりました。

家の中は、再び、元の静けさに返って、家人の寝息さえ聞えて来ます。

（気持よさそうな鼾《いびき》だなァ——俺も、早く帰って、ぬくぬくと寝たいなァ——）

と思ううちに、いつ知らず壁にもたれて、うとうとと居眠りを始めました。

経験のある方にはお判りでありましょうが、寒さに極度に襲われると、非常に睡魔が乗じてまいります。

それに空腹であるとなおさらのこと、こんな時よく凍傷にやられたり、凍死したりいたしますが、この時の老生も、連日の疲労で、半ばそれに近い眠気に誘われたのでありました。

と、また、家の中で、ごとりと異様な音がしました。

（おや？）

この時は、少しも驚かず、不審に、ぱっちり目を開けました。

みしッ、みしッ——と、店頭を人の歩いている足音が聞えます。

（はてな？）

静かに、壁に向き直って、耳を壁に押しあてて、壁を伝って来る、音の鑑定をいたしておりますと、どうもただの鼠ではないらしい。

（さては、なつかしい御仁かな？）

どッどッと、胸が波打って来る。それをじっと押し沈めて、なおも音に気を配っていると、家の中からぷうんと、おならが一発鳴りました。いや全く笑いごとではありません。

（人間だ。さては人間だ。怪しいぞ？）

はじめて壁から耳をはなし、

（泥棒なれば、どこからか出て来るにちがいない）

と身を構え、待ち受けておりますと、また足音が、ぱったりと消えました。

（どうしたのかな？　それとも、この店の者かな？）

しかし、店の者にしては、忍び足で歩く必要がない。だが、家の中はまっ暗で、外から姿を見ることは出来ない。

と、また、ぼしりぼしりと、釘を打ってない店の板の間を、土間に向かって、こっちに出て来る足音がする。

（いよいよ怪しい。だが、どこから忍び込んだのであろう。戸という戸は、ことごとく閉っているのだが？）

どの戸を切って外してあるのか？　と、雨戸を調べていると、そこへにゅうと、右手の方から雲に聳ゆる大入道が出て来た。

（ああ出たァ――）

何とも形容のしがたい気持で、（さっ）と一歩踏みさがった途端に、大入道は、こっちの姿を見つけて、たたッと一目散に南に走った。

「畜生。」

相手が逃げると、妙に、こちらに勇気の出るもので、

「逃がしてなるものか？」

と間髪を与えず追いすがった。

しかるに大入道は、長い長い脛を、駝鳥の如く踏み拡げ踏み拡げ、どう、どうと、風を起して逃げてゆく。

（山窩《さんか》だ山窩だ――この逃げ振りは尋常でないぞ）

一生懸命追っかけた。

（大声で、あたりの者を呼びおこそうか？）

とは思ったが、そんなことをして、もしも相手が同志連れであったなら、かえってこちらが不利になる――と思ったので、ただ一途に追っかけた。

すると、相手は、得たりや応と、とことこと走っては、ぽォいと宙に跳ねあがる。そしてはまた、とことこッと走っては、ぽォいと飛びあがる。

（実に奇妙な野郎だ）

最初は、大入道のことだし、こっちは小兵《こひょう》だし、訳もなく追いつくと思ったのが、どうしても追いつくものでない。

それでも、無茶苦茶に追ってゆくこと十五六町。間一髪に追い縋り、その腰に辷り込むようにして摑まった。

と、拍子の勢いで、こっちの体がするすると十間ばかり引き摺られた。ここで、はじめて相手が立ち直った。

「この野郎。」

と大きな拳骨で老生の頭を撲りつけた。いやその時は老生ではない青年でありました。

「何糞ッ。」

こちらも負けず、横っ面に、ぽかりと一撃を入れました。が、相手は痛いらしい顔もしない。そこで胸倉をひっ掴み背負い投げをかけました。

しかし、びくともしません。のみか、

「この刑事《いたち》め。」

と、あべこべに私が押しつぶされてしまいました。こちらは慌てました。うつ伏せにつぶされては、すぐ逃げられると思ったので、素早く仰向けに捻じ向いて、下から胴締めをかけて勝手よく左に組み敷こうとしたのですが、どうして、まるで岩を両股で挟んでいるのと同じことで、びくともしません。

（こいつ困ったぞ）

ふうふういいながら、それでも左手で胸倉を掴み、右手で拳骨を固め、顎を目がけてこつんこつんと小突きあげるが、さらに利き目がありませぬ。

相手は材木のような腕で、こっちの喉を、ぎゅうと押さえつけ、全身の重みで圧迫して来るのでげえッと、舌が出て、今にも息が絶えそうであります。

この時、老生は、どういう風にして相手の股間を蹴ったのか、さらに記憶はありませんが、自然の体勢から、胴締めをやめて、右足で、入道の股を蹴あげたらしいのであります。入道が、

「うん。」

と叫ぶと、それまで加わっていた材木の如き両腕の力がぐいとぬけたのであります。

その隙を利用して、こちらは素早く飛びおきました。

すると相手も立ちあがって、左手で、ぐいと私の喉を押しつけ、右手を自分の、腰のあたりにやったな？　と思った一瞬、闇の中に、きらりと刃物が光りました。

（いけないぞ、やられたぞ）

そんな気持が、一閃、ひらめきました。それと同時に、老生のお尻に、くしゃりと、錐みたようなものが刺さりました。

夢中であったから、さほども感じなかったが、何だかきやりとしました。

それで、はじめて気がついたのでありますが、そこは岸和田区役所前の、枳殻《きこく》の生垣に押しつけられていたのでありました。

東京あたりでは、からたちというそうでありますが、当地では枳殻——これは、なかなか鋭い刺《とげ》をもっておりますので、オニモドリともいいますが、その刺が、お尻に突き刺さったのであります。

でありますが、老生は、そこが裁判所の前だと知ると、不思議に勇気が出ました。真夜中のことだから、裁判所に誰もいる訳はないが、それでも、相手を恐縮させるには、はなはだ都合がよいと、咄嗟《とっさ》に、頭にひらめいて来ましたので、

「やい、神聖な裁判所の前だぞ。手向かいするか。」

天地にひびけとばかり一喝すると、恐縮すると思った相手は、かえって殺気立って、

今抜いたばかりの刃物を、老生の脳天めがけて斬りつけて来ました。

(やられた)

はっとしながら、左に首を振った刹那、斬りおろした相手の腕が、こちらの左肩にどしんと当りました。

なれども、少しも痛くもなければ、血も出ないし、全然刃物らしくもない。

(不思議だぞ)

と嬉しくてたまらない。(この間に叩き伏せてやらねば)と老生は、この時十手も折れよとばかり眉間に叩きつけ、ひるむ隙に捻じ倒し、実に、奇蹟的に捕縄を打ちました。

知らないよ

なれども、万歳など、叫ぶ余裕はとてもありませぬ。のみか、不必要なまでに、ぐるぐると縛りあげ、岸和田署に引っ立て、はじめて、自分に返った時は、涙がぽろぽろと流れた次第であります。

そして自分の姿を振り返ったとき、着物の袖は千切《ちぎ》れ、半分は脱げかけており、顔色はといえば、まっ蒼な中に、どす黒さの混じった血の気のない色でありました。

それに引きくらべ、眉間に傷ついた大入道は、ただにやにやと笑っております。私

は、

「何でもよろしい這入《はい》っておれ。」

と、それはそれは複雑な気持で、手荒く留置場に入れました。それからしばらく冷静を取り戻そうと静かに、金網の外から、入道を見つめていました。

その時、頭によみ返って来たのは、

「たしかに、あの時、刃物で斬りつけて来たのだが？」

ということでありました。

「おい、お前、さっき山刃《うめがい》で斬りつけたであろうが？」

尻に刺の刺さったこと以外に、もっとするべき筈の怪我をどうしてしなかったかを聞いてみました。すると入道は、

「そんなことは知らないよ。」

と、相変らず、にやりにやりと笑うのであります。

「どうしても、私はそう思うが、いってもいいじゃないか。」

「いわなくてもええじゃないか。」

「そうか。いいたくなかったら無理にいわんでもいい、それでは、こっちで調べて来るからね。」

と、私は、再び捕縛の現場へ戻りました。

まず現場の、昆布屋に到って、いろいろと調べてみると、正《まさ》しく、表の一番はずれの懸金《かけがね》のある雨戸を山刃で切って、そこから懸金をはずし、戸をあけて中にはいり、中からさらに元通り戸を締めて、外から判らないようにしておいて、悠々と現金をさがし、七十三円を窃取しておりました。

これに一層勇気を得ましたので、裁判所前の格闘した現場を調べてみますと、枳殻《きこく》の垣の内側に、目も覚める、鋭利な山刃の刀身だけが、勢いよく地面に突き刺さっておりました。

(これで判った)

それを拾い取って、呟いたのであります。

相手が、あまりの大男なために、勢い余って腕がのび過ぎ、凶器が私の肩を越して向こうへ落ちたのであります。つまり、どしんと私の肩を打ったのは彼奴《あいつ》の肘だったことが判りました。

こちらの肩に、力強く腕を叩きつけた拍子に、柄《え》から刀身がぬけて、ぷすり地面に刺さった恰好を見せつけられた時、老生は、再び天佑神護を思って、感涙にむせびました。

(それでは、柄《つか》はどこへやったかしら?)

と随分さがしましたが、これはどうしても見つかりませんでした。咄嗟《とっさ》の間に、どこへか捨てたのでありましょう。

（いよいよ、彼奴《あいつ》は大物だ、彼奴の口を割ることに依って、日高芳松以来の犯罪が一挙に解決しそうだぞ。）

この喜びを抱き、夜の明けるのを待ったのでありました。

その翌日になって、署内は、大変な喜悦にあふれました。

「もう、貝塚署の渡辺巡査の仇を討ったも同然だ。過去の南海一帯の事件も一瀉千里《いっしゃせんり》だ。」

皆々、老生を胴揚げせんばかりに喜んでくれます。老生もまた、さもあらんことを期してこの大入道の取り調べにかかりました。

取り調べの常道は、まず何より先に、住所、氏名、年齢、その職業からでありますが、さて、それに取りかかると、

「知ってるだろうがね。」

と、にやりにやりと笑うだけで、一言も答えません。

「知っておってもいなくても、問うたら答えたらいいではないか。また答えなければいけないのだ。」

ごく穏やかにいっても、

「いういわぬはこっちの勝手だよ。そうじゃないか。」

と、相変らず笑っている。

「そうか？　それなら、それは勝手にさせておこう、その代りこの現金だが、この七十何円はゆうべ出て来た昆布屋から持って来たんだろう？」

判り切っている明白なことから、そろそろ口を開かせる考えでありました。

「どうだかねえ？　知っているだろう？」

「知ってる。知ってもいるし、ちゃんと、こうして盗んだ現金がここにあるんだから、明白に答えろ。」

「判っておればいいじゃないか。俺は疲れておるんだ。」

取り調べる者として、これほど、腹の立つことはないのである。が、怒っては、こちらが負けになるので、

「疲れておるのは、こちらも同様だ。こうして、つかまってしまったら、何も隠さず、正直にいって早くゆくところまで行った方が、お互いに楽ではないか。それに、こうして、現行を押さえられてはもうどうにもならないぞ、よく知っておろうが」

と、言葉柔かに説いて聞かせました。それでも入道は、

「どうにもならんかね？　それは困ったねぇ――」

と笑っている。

いくらいっても、始末がつかない。

そのうちに、入道の方から、

「何でもいうから、もうしばらく、休息させてくれないか。昨夜《ゆうべ》から、ひどく心配や気苦労をつづけたんで、どうにも、辛《つら》いがねぇ。」

と申します。

「俺も、もう覚悟しているから何もかもいってしまうよ。びっくりするほど白状するよ。だからもうちょっと休ませておくれよ。」

急にしんみりとなりました。

「休息しないと、何もいえないのか？」

「いえないね。順序立てていいたいから、少し休ませてほしいがねぇ。」

そういわれてみれば、昨夜《ゆうべ》から因縁のある仲だ、無下《むげ》にそれでもとはいいかねる。それがその時の老生の心境でありました。

とはいえ、老生の背後には大勢の同僚たちが、自白や如何《いか》にと、手薬煉《てぐすね》ひいて待ち構えております。

この者の口の割れ方一つで、紀州、大和、和泉、その他隣接府県の、大山窩狩りという手順がきまり、往年の渡辺巡査殺害《せつがい》犯人芳松のこともこの機会にと、待ち構えている。老生たるもの万障を排して取り調べねばなりません。

しからば、調べに当らねばならない。まず第一は、果してこの入道が、山窩であるという事実から吐かせ、しかる後に、どこの瀬降の、何という親分に属しているか、またその一味の瀬降の状態はどうであるかまで調べあげねば、待機の同僚を活動させることは出来ません。

なおまた、一刻も早く調べなければならない他の理由は、この訊問に手間取っていると、その間に、他の仲間が、たちまち遠くへ場越《ばご》しをしてしまうという疑懼《おそれ》でありました。

「疲れているのは、お前だけではない。こっちなどは、枳殻《きこく》の刺をお尻に突っとおして、こうして、万碌《まんろく》に腰をかけることさえ出来ない。それでも役目なれば休むことも出来ない。」

と、言葉と情をつくして問いますが、

「そんなことをいえばきりがない。疲れていて、頭が、ぼんやりしているさかい、何もいわれないというのに。」

「そんなことをいって、ぐずぐず手間取らせておいて、その間に、仲間を遠くへ逃げさせるつもりであろうが。」

「仲間なんぞ俺にはない。そんなことをいわずに、昨夜《ゆうべ》一目《ひとめ》も眠れなかったんだ。ほんのちょっとでいいから休ませておくれ。」

いいながらも、ごくりごくりと首を前に倒します。

「じゃァ休むもよかろう。ついてはたった一言《ひとこと》聞くが、お前は、大川竹松の一味だろうな？」

小手を当ててみました。

「そんなものは知らんがなァ。」

遠くを風が吹いているような顔であります。

「それじゃあ誰の身内《つなぎ》だ？」

「つ、な、ぎ、た何だね？」

にやりと笑います。山窩の隠語など、俺は知らんぞという顔であります。

もういよいよ手に負えない。（ひとまず休ませよう）そう思いまして、檻房に戻しました。

そして、この事を上司に報告いたしました。上司をはじめ、皆々は柄《え》のない山刃《うめがい》を、不気味そうに、ひね繰っていましたが、

「大胆不敵という奴じゃ。いよいよ大物に違いない。言を左右にして口を開《あ》けなければ、厳しく調べようではないか。渡辺巡査を殺した奴かもしれないぞ。」

皆の気概は、等しく一致しております。

「さ、もう大分経った。割ろうじゃないか。」

せき立てられた老生は（責任上、今度はどんなことをいおうとも、聴き容れること

は出来んぞ。少々痛い思いをさせても自白させねばなるまい）大いに決心を致して檻房に向かったのであります。

歩きながら思ったことは（あれが、真の山窩なれば、掟《はたむら》を守って、容易に自白はしないであろう。それを自白させるためには、かねてさぐっておいた、南部《みなべ》松吉や、橋本留吉、嘉祥寺《かしょうじ》万吉、尾生《おぶ》虎吉、尾生津奈次郎などの、親分の名を列挙して、この者たちは、既に検挙されているとでもいって、一ぱい冠《かぶ》せてみるほかに手はあるまい）と考えたのであります。

檻房の入口に立って、看守巡査に、

「おい、入道を出してくれ。」

と声をかけました。

看守巡査は、

「おい。」

と答え、錠前の鍵をポケットから取り出し、ガチャリと音立て、檻房の戸をあけながら、

「さあ入道さん出るのだよ。大分やすんだから、元気がついたろう。」

左様に申す看守の言葉にも、大物に対する大きな期待がほのかに匂っておりました。

冗談は止さないか

看守が、がたんと錠を抜きますと、あの鉄板で腰を畳んだ、鉄格子のドアが不思議にすうと、ひとりでに開きました。

看守は、いつもの手応えと、はなはだ調子がちがうので、

(おや?)

と思ってドアの内側に首をのぞけました。

見ると、ドアが重いと思ったのは当り前で、大入道が坐ったまま、内側から背中で押しあけたのであります。

「何をやっておるのか?」

顔を覗くと大入道は、両手をだらりとさげて、舌をべろりと出して、にやりと笑っております。

看守は、この時(しまった)と叫びました。

入道は鉄格子に、前掛の紐をさげて、首を縊《くく》っていたのであります。

しかし、べろんと舌を出して、まるい頬に笑窪《えくぼ》をつくっているので、次の瞬間には冗談だと思ったのであります。

否《いな》、冗談であってほしいと願ったのであります。

「何をしとる？　おい大将？」

　肩に手をかけて、ゆすぶりましたが、ゆすぶればゆすぶるほど、へにゃへにゃと笑って、舌が一層べろんべろんと伸びる気がいたします。

「仙石さん大変どす。私《わて》は馘《くび》や――」

　と看守がまっ蒼になりました。

「な、何ッ？」

　檻房の外におりました私は、言葉もなく駈け寄りました。

　ですが、既に、大入道は絶命いたしておりました。額に手を当ててみると、もう、つめたい。

（た、大変なことをさせてしまったぞ）

　いそいで、紐《ひも》を解き、心臓に手をあててみたが、鼓動はさらになく、体温も、大部分冷めかけておりました。

（それ医者を呼べ医者を）

　といいながら、人工呼吸もさせてはみましたが、相も変らず、舌を噛み出したまま、にやりと笑っております。

　上司が駈けつける、医者が来る、判検事が出張する。いやはや、名状すべからざる騒ぎとなりました。

「いったいきみの注意が足らないからだ。」

ともいわれるし、

「実際、大物を惜しいことをした。」

ともいわれるし、老生は、この身の置き所のない、これまた名状しがたい、心中でありました。

看視の巡査も、いたく面目を失しました。

「きみは、眠っておったか？　何故、こんな前掛を結ばせたか？」

如何《いか》に叱責されようとも、この責任を負わされるのは当然のことで、これ同様に、ただただ恐縮するのほかみちがありません。

ご承知のとおり、現今においても、留置人に対しては、それが、被疑者であろうとなかろうと、とめおくこととなれば、それが如何《いか》なる人であろうとも、身体検査を充分にして、女なればピンや簪《かんざし》の類から、腰紐の類まで注意することになっており、帯などは絶対にさせないのであります。

その当時とて、同様であったので、帯などは、最初から取りあげ、ほんの着物の前を合せるだけの用にと思い、前掛ぐらいならと思って、うっかり締めさせたのが、私どもの失態でありました。

当面の責任者である看守の責任もまた、同様といわねばなりません。

この点は、現に奉職中の人々にも、よき、生きたるいましめの手本ともなることであります。

ことほどに、私の感慨は、まことに慚愧至極で（どうして死んでくれた？）という一語だけでありました。

じいっと、その顔を見ているうちに、ぞくぞくと、寒気を覚えました。

（いったい何を笑って死んだのであろう？　俺を笑っているのであろうか？　警察全体を笑っているのであろうか？　それとも人生に対して、皮肉をいうているのであろうか？）

実に、不可解にして、また判るような気持もいたします。

自分が如何《いか》なる人間であるか？　どこに生れた、何という人間であるか？　その年齢も語らねば、系累も語らず、大きな謎を、不気味に与えて、げたげた笑う死骸をのこして、至極簡単に世を去ってしまった、この大入道に、老生は少からず、心を奪われたのでありました。

ちょうど、それはお正午《ひる》少し前のこととて、陽射しがようやっと、高い細い檻房の窓から、金網をとおしてさし込んで来ましたが、その、網目模様の陽影が、入道の顔に、はっきりと映ったとき老生は、も早、そこに立っていることが出来ず、房外に立ち去ったのでありました。

人生の秋転《うた》た淋し

「見ろ、重大犯人だ——しかも山窩だ。仲間のことを思って、仲間の掟《はたむら》にしたがって死んだのだ。近くに、一味の大集団がいるに相違ないぞ。」

皆、そう申します。自分もそう思いました。

（きっと、こ奴の一味が、この附近に立ち廻っているにちがいない）

と。

そこで老生は、

「かくなる上は、この雪辱のために、どうしても、巡査殺しの日高芳松一味を検挙しなければ、自らの心に恥じる。」

と叫び、当局も芳松追跡の再挙に乗り出すこととなりました。

老生等は、今度はこれを逆に押さえるべく企図して、最初、紀州半島を西から南に廻って三重県の尾鷲に向かったのを、今度は反対に、伊賀から伊勢に、北から東へと廻り、三重県北牟婁郡《きたむろぐん》尾鷲の観音裏に乗り込んで捜索しました。が、遂に日高芳松の行方はもちろん、他の者といえども、一人として検挙するに至りませんでした。

なれど、一日として忘れる事も出来ぬがままに、また三年の歳月を経まして、明治三十八年六月のことでありました。

夏が、毎年来るように初夏の候ともなると、山窩の去来が、平地に移るので、和泉、紀伊、大和などの南海地方はいうまでもなく、さらに伊勢、伊賀、山城、河内一帯にわたってこれが警戒をいたしておりました。

しますと、突然、実に突然、当の日高芳松が、伏見警察に検挙されました。

渡辺巡査殺害《せつがい》より、二十六年目であります。

渡辺巡査を刺した時は四十二歳であった芳松も既に六十七歳であったために、実に、訳なく不審訊問にひっかかり、ついに検挙されたのであります。

伏見署の功績は、京都、大阪、和歌山、奈良、三重の各府県にわずか一日のうちに響きわたりました。

と、その翌日に至って、

「大変な失敗をした。芳松の奴に首を縊《くく》られた。」

伏見署からの電話は、吾々に、前に倍した驚愕を与えたのでありました。

「どんな死に方で？」

「変な奴で、舌を出して、笑っておりますがな。」

この返事を聞いた瞬間、老生は思わず受話器を、がたりと取り落しました。

ああ、前の大入道といい、芳松といい、何ごとも語らずに死骸のみを、当局に処分させたのかと思ったとき、いい知れぬ、千万無量な思いに打ちのめされてしまいました。

老生は、本年（昭和十三年のこと）七十二歳でありますが、右の山窩事件の時は、二十七八歳の壮年にて、腕力にしては、他人に負けざるものでありました。ことに、柔術にも多少の心得があったのではありますが、当今は、人生の秋うたたに寒く、目を開けば、世間の風物我に伴わず、目を閉《と》ずれば、知己多く去りて、墓石累々たるの感深くいたずらに淋しき次第でございます。

記憶を辿る足並もおぼつかなく、すぎ越し道を振り返れば、無言に死したる彼等に、また哀れ涙一滴の次第、御酌量賜りとう存じます。

（筆者より――この老生なる手紙の本人は、元大阪府刑事仙石轍氏である。大阪市住吉区に居住の人）

山津波

積乱雲《にゅうどうぐも》

つい今しがたまで晴れていた峠の空が、急に真ッ暗になってきた。

「おッ、信州峠に黒雲だ。今に一ッ降り来やがるぞ。」

北に聳えた信州峠を、熊吉は菅笠の下から仰いでいった。峠の絶頂には、入道雲が天蓋のような形になって刻々と密度を加えていた。

「濡れねえうちに帰ろうよ。」

そういって熊吉の手をとったのは妻のお岩であった。だが熊吉は（誰が帰ってやるものか）とあべこべに後ろにさがった。拍子に桑の枝がぴしりとお岩の頰を撫で打った。

「痛いよォ。」

お岩は背負っていた桑摘籠《くわつみかご》を抛《ほう》り投げ、

「この山窩《なでし》の犬神め。」

と、腰にしていた鎌で斬りかかった。

「山窩《なでし》の犬神たァ何だ？」

熊吉はお岩の両手をとって拝み合せた。今朝《けさ》からの夫婦喧嘩のつづきである。

峠の入道雲は、恐ろしい速度で、夫婦の立っている桑畑の上にまで押しひろがり、呪うようにあたりまっ暗に呑みつくした。

塗りつぶされた黒一色の一点から、ぴかりと閃光が裂け散った。と思うと、たちまち天地真ッ二つかと思うほどの、強烈な雷鳴が轟き渡った。お岩は、

「きゃあァ。」

と叫んで、握られている手を振りきって熊吉の胸に顔を突っ伏せた。熊吉も思わず耳を抑えた。

「帰ろうよォ――」

お岩は急に哀訴するようにいった。

「一人で戻れ、俺は雷に摑み殺された方が気が楽だ。」

ぽつんとした顔で熊吉はいった。

「ほんとにおいらは、とんでもねえ女《もの》を女房《かかさ》にしたもんだ。このままでいると、きっとお前に殺されそうな気がすらァ。」

熊吉が重ねていった時また一閃。今度は万雷一時に炸裂したと思うほど強烈な雷鳴だった。

「きゃあッ。」

お岩は、たまらなくなって、土龍《もぐら》のように桑の木の下に這い込んだ。

雷はいよいよ鳴りつづく、大宇宙の背骨を掻き千切《ちぎ》るような鳴り方をするかと思うと、地球を背負い投げにするような音さえする。

それに加えて稲妻の妖光が不気味である。尾を引いて流れる光の目ばたきは、一秒間に何万遍かと思う速さだ。

「ううん。」

さすがの熊吉も恐怖に襲われた。だが、桑株に齧りつきお尻を天に向けているお岩を見ていると、腹が立って帰る気にはなれなかった。

「どうしてこんな女を女房《かかさ》にしたのかなァ？　今朝も今朝だが、お母《つか》さんが炉端で襤褸《ぼろ》をいじくりはじめると、この呆け婆ァめ、またあんな面当《つらあ》てをしやがるといって、蚕《かいこ》にやりかけていた桑をお母《つか》さんに投げつけた上、お前さんもお前さんだ、おれが針をもてない女だと思って、お母《つか》さんに面当てをさせて喜んでいやがるとぬかしやがった。それまではいいが、挙句《あげく》のはてにはあんな婆を叩き殺してやれとぬかしやがった。こんな恐ろしい女がどこにある？　魅入られた俺は、よっぽど馬鹿だ。」

熊吉は味気なくてたまらなかった。

雷は容易にやみそうもなく、それに雨さえ加わって、風もすさまじく吹き出した。

（どうにでもなるがいい。こんないやな生活《よすぎ》をしてゆくのなら一そう死んだ方がなんぼかましだ。義理あるお母さんを、大切に見てあげるために、わざわざ山窩《なでし》をぬけて普通人化《とうしろうばけ》さえしたおいらじゃねえけ。そしてこの黒森村《くろもりむら》の百姓になった俺が、こんな女房《かかさ》のために却《かえ》ってお母さんを苦しめるようなことになるとは、いったいどういうわけか聞かせてくれ。これで生きていることが出来るのか。）

熊吉は、義理のために、百姓にされた自分の身の上を考えると、たまらなく悲しくさえなるのであった。

普通人化《とうしろうばけ》

それは随分前のことである。信州峠を去来する山窩《さんか》は、黒森部落を通るたびに、この部落の百姓大木鉄蔵爺さんの家で厄介になっていた。

鉄蔵爺さんと妻のお島婆さんは、妙に人に哀れみを被《き》せたがる性分で、たとえ相手が山窩《さんか》であっても、少しも普通の人と変りなく、宿を貸したり、御飯を食べさせたり、それはそれは親切だった。

ある年のこと、子分多勢を連れて泊った親分熊五郎に向って、鉄蔵爺さんはこういった。

「儂《わし》も、もうながくは生きられぬが、子供のないのが何より淋しい。この家は先祖がこの山奥を拓くために殿様から家屋敷を貰って来て以来七代つづいておる。水呑《みずのみ》百姓であるが、儂《わし》の代かぎりで絶家にするのは、お上に対しても申し訳ねえ。お前さんは世間を歩く人だし、親分だというところを見込んで、一つお願い申したい。どこぞ、父《てて》なし児とか、かくし児とでもいうようなものはないじゃろか、かんたんに他人にやりたいというている人は――」

「わざわざさがさなくとも、儂《わし》らの仲間にも子供の多勢いる奴があるので、一人くらいどうにかなりましょう。心がけておきましょう。」

といった。


その翌年の秋だった。熊五郎一味の信州山窩は、そろそろ信州が寒くなるので、冬期の暖い駿州に、一味揃って場越《ばご》しをすることになり、箕《み》づくりだの、笊《ざる》つくりだの、いろんな一味がここを通りかかった。

このとき熊五郎は、まだ適当な子供の見つからないことを話しておこうと思って立ち寄った。

とすでに鉄蔵爺さんは死んでいた。お島婆さんは涙を泛《うか》べて、

「もういよいよこのうちもつぶれます。」

何となく、世嗣《よつぎ》を世話してくれないことを、うらむようないい方であった。

熊五郎は、胸を刺される気がして、

「じゃあお婆さん、この熊吉をおいてゆきましょう。」

といってしまった。熊吉は、熊五郎の一人子で、ゆくゆくは、世襲になっている「親分《やぞう》」をゆずらねばならぬ伜《せがれ》であった。驚いたのは、居合せた一味の者たちであった。

「親分《やぞう》は何をいうのけ？」

「博徒《とばつちり》じゃあるめえし、一宿《ひとよ》一飯《いつぱん》の恩義もいいが、つまらねえ仁義の真似は止めておくんなせえ。」

熊五郎親分の、感じやすい気持をやッつけた。お島婆さんも、

「ほんと、冗談もほどほどがいいですよ。」

といった。熊五郎は、

「お前《めえ》らに何が判るもんけ。それを『勘違い《あふれ》』というんだ。俺《おいら》はな、三界《さんがい》に家のねえ瀬《せ》降者《ぶりもの》だ。だがな、この家は、財産のあるなしにかかわらず、立派なお国の戸前《こまえ》じゃねえけ。それを絶やすということは、なかなかもっていけねえこった。それによ、おいらがこうして、旅から旅で、箕《み》づくりをして歩けるのも、つまりはこうした農家が

あるからじゃあるめえか。それにまた、この家《うち》には山窩《なでし》の者がどれだけお世話になったことか。誰がどういおうとも、この家《うち》を絶やすこたァ出来ねえ。さ、文句《たんか》はいらねえ。皆並ぶんだ。普通人化《とうしろうばけ》の式《しるし》をするぞ。」

多勢の一味を引き並べ、円陣をつくらせて「山刃戻し《うめがい》」の式をしてしまった。山刃《うめがい》戻しというのは、山窩《さんか》が命の次ぎに大切にしている山刃《うめがい》を普通人《とうしろう》になるために親分に戻す式なのだ。

「熊吉、それじゃァこの熊五郎は、もうお前《でえ》の親じゃねえよ。お前《でえ》は今日から、この家《や》の総領だ。このお婆さんを、お母《かか》とおもっていい百姓衆になってくれ。」

いとも簡単な訣別であった。かくして、熊吉は十五の年に普通人化《とうしろうばけ》をさせられて、お島婆さんの養子になったのである。そして十九の年にお島の遠縁にあたるお染という同年の娘を妻に貰った。ところが運わるく、お染は六ヶ月目に死んでしまった。すると、わるい噂が立った。

「あんな渡り者を貰うから、大切な娘を殺されてしまう。どこの馬の骨だか牛の骨だか判らぬ人間だ。その証拠には籍がなくていまだ入籍も出来ぬ始末だ。」

この噂をきくと熊吉は、矢も盾もなく悲しくなって、さっそく裏山の松ノ木にかけ登り、どこまでも聞えるような大声で、

「俺はのォ、四本足の馬じゃねえぞ、そこらあたりにいるような、陽干《ひぼし》の青菜《あおな》に屁を

たれかけたような奴とは筋金が違うぞよォ。その証拠に、お染は死ぬ時に、俺のことを日本一いい男だといったぞォ。お前たちは知るめえが、あのお染は俺が殺したんじゃねえぞ。お染が喜んで死んだことも知るめえが。死ぬ時にいったぞォ、妾《わたし》は弱い体に生れ合せて、長くは生きられないと知っていた。それでどうせ死ぬのなら、例え三日でもいいから一度お嫁入りがしてみたい。そう思っていたら、お前さんのようないい人に貰われて存分可愛がられた、もう思い残すことはない。お母《つかあ》さえいなければ一緒に連れて行きたいがといって、俺《おいら》の懐《ふところ》に手を入れて眠るように死んだじゃねえか。嘘と思うなら、娘を二人でも三人でも、ためしに連れて来ねえかよォ。可愛がってやるぜえ。」

　入念に顔をまっ赤にして何度も何度も叫んだ。だが、誰一人娘を連れて来る者もなく、評判は輪に輪をかけて、ますますわるくなるばかりであった。

　たまりかねた熊吉は、その時甲府の竹ノ鼻の瀬降《せぶり》にいた父の熊五郎をたずねて行った。

「お父《とと》、おいらを不愍《ふびん》に思うなら、どうか山窩《なでし》の娘《つる》を女房《きやはん》に下っせえ。」

とたのんだ。だが熊五郎は、

「普通人《とうしろう》になったものに、何で山窩《なでし》の娘《つる》をやられるものか。さっさとゆけ。」

と怒鳴《どな》られた。熊吉はどきんとしたが、父親に、

「そんなことをいうのなら、おいらを殺《あや》めてもらいます。仲間の犠牲《ひつかぶり》のために、一生泣くのは不承知《がんきねえ》だ。」

ぴったりと腰を据えてしまった。しかし熊五郎は、少しも可哀相なという顔色は見せなかった。

「いくら村の人に罵言《うわずみ》をあびせられようと、それは向う様のご勝手にまかせておけ。しばらく辛抱しておれば、そのうち普通人《とうしろう》の娘《つる》をさがしてやる。どうしても見つからない時は、仲間の娘《つる》を普通人化《とうしろうばけ》にしてやるからよォ。」

といわれて、熊吉は押し出すように立たされた。

甲府の竹ノ鼻から、黒森までは八里余の道だった。しかも真ッ暗な夜道を、熊吉は馴れた足どりとはいえ、重い思いでわが家に戻った。

帰りついたのは、それでも夜あけまでには、大分間のある刻限だった。

「熊さんか、どこへ行っていたのかよ?」

納戸《なんど》から幽霊のような恰好で養母のお島が出て来た。

「お前が出てゆくと、すぐ峠から女の人が一人おりて来て、これから甲府にゆくのだ、灯を貸してくれないかと寄って来た。見るとたった一人だもの、年は若いし、気の毒に思うて泊めたぞな。広間に寝ているから、お前は炉端に寝ておくれ。」

「女が一人でこの夜中に、——甲府にまた何用で?」

熊吉は、框《かまち》のところからそッと覗いた。女は、ひどく疲れているらしく、薄い煎餅蒲団の下から、右の太股を出して鼾《いびき》をかいていた。お島はそッと熊吉の耳に口を寄せて、

「家出人ずらァ。別にわけも聞かなかったが、二十七八《しっぱち》のいい女ずらァ。」

といった。熊吉は、そう聞いた途端に、若い女の匂いを芬《ぷん》と感じた。

それから炉端に引き取って、ころりと寝るには寝たが、熊吉は（どんな女だろうな？）と思うと女の寝息が気になって、どうしても寝つくことが出来なかった。（それにしても、うちのお袋と来たら、どうしてこうも、誰彼の差別なく、哀れみをかけたがるのかしら？）と思った。（それにしても男とちがって峠越しの一人旅の女など、今まで一度も来たことがないが？）と思うと、何だか、いい人を泊めてくれた――というような、一種の好奇心も芽をあげた。

その中《うち》うとうとと眠りに落ちた熊吉は、やがて怪しき夢を見た。しばらくしてから、（今のは夢ではなかった）と思うと、夜の明けるのが妙に恐ろしく、また嬉しかった。

右の如きいきさつで、熊吉はこの悪妻お岩を背負い込んだのである。それから既に三年も過ぎている。が、この間一日として家内に風波《ふうは》の絶えた日はなかった。

素性をいえ

（あの時の俺《おいら》がわるかった。年が若かったもんだから、ついあんなことになったんだ。だが今日こそは、この女の正体をひん剝いてやりたいものだ。）

そんなことを思う間にも雷鳴はいよいよ激しくなって、天地は八ッ裂きになるかと思うほど荒れてきた。お岩はお尻を天に向けたまま、ただ、

「桑原、桑原。」

と雷よけの呪文を唱えていた。

「怖いか？」

熊吉がいうと、お岩はちらりと見遣って、

「お前さんは怖くはないのか？」

といった。この時また、一段と物凄い稲妻が、暗黒の中に、二人の顔をリリッと照し合せた。お岩は、

「あッ。」

と叫んで、いそいで耳に蓋をした。宇宙を粉微塵にするような音が炸裂した。雨は太い棒のような豪雨に変った、森羅万象を叩きつけ、押し流す勢いに変った。それに風もいよいよ強くなりひゅうと唸りをあげて捲れあがり、菅笠は紙の如く吹き飛ばさ

れ二人の頭には台だけがのこった。

「怖いよォ。」

お岩は、ころころと吹き飛ばされながら、桑ノ木にかろうじて身を託していた。

「おいらを苦しめるから、こんな怖い目に会うのだ。」

熊吉は、地から生えたように動かなかった。

「そんなことがあるものか。お前さんだって、怖いのをこらえているんじゃないか。」

「へらず口をいいやがると、碌なことは起らねえぞ。」

そういううちにも、稲妻は光り、雷鳴は轟き、豪雨は暴風を加えて、募りに募った。

そして尾根と尾根とから流れ落ち合ってくる山水は、二人の立っている桑畑の凹地に向って岩欠けや土砂を交えた大濁流となって、山道を乗り越え、畦を押し流し、怒濤のように渦巻いて来た。

「帰ろうよ、危いじゃないかァ。」

お岩は熊吉の腰にすがって、生きた色もない。

「俺は帰らねえ。」

熊吉は、膝頭まで洗う濁流の中に突ッ立ったままだった。

「そんなことをいってると、どっちも流れてしまう――」

「流れてもいい。母子《おやこ》が喧嘩をするのを見ているよりも、どれだけいいかしれねえ。」

「畜生。」

チクショウはお岩の口癖であった。お岩は熊吉の腕に（これでも帰らぬか？）と嚙みついた。

「この雨風では、誰も見ている者もいねえ、この腕を嚙み折ってみい。俺《おいら》は、お前に嚙み殺される運命にきまっているのかもしれねえ。」

熊吉は、いつものように、お岩の首を摑みのけようともしなかった。お岩は、ほんとうに、肉の一塊《ひとかたまり》でも嚙み取るつもりか、蟹のようにはなさなかった。風はどこまで強くなるのか、雨もまた空と地の間に空間《すきま》もないほど満ち溢れた。お岩の体は踊り出した。足の下を洗われて立っていられないのだ。まるで棒杭につかまって泳ぎでもしているかのように、熊吉に嚙みついたまま体は水の上で泳いでいるのであった。

熊吉も、臍のあたりまで水漬けになった。体が、足もとが、だんだん狂いはじめた。お岩が投げた桑摘籠《くわつみかご》は、とっくに流されて、そこらには見えなかった。

「後生だから、向うの道まで出ておくれよ。」

「勝手にゆくがいい。」

雷が、すぐ後ろの大杉に落ちた。丈余の火柱が、まっすぐに立った。

「水　雷《みずかみなり》が落ちた。水はどんどん殖《ふ》えるぞ。」

熊吉は、魔神の如く平然という。

「たすけてェ——」

　お岩は熊吉の背中に手をのばし、背負っている桑籠に這いのぼった。拍子に紐が切れ、籠と一緒にお岩は濁流に呑まれた。

　熊吉は、籠を摑んだ。籠につかまっていたお岩は、水に投げられた犬みたいに、異様な驚きの声をあげながら、また腰にしがみついた。

「お岩！」

　熊吉の声は気味わるく落ちついていた。

「お前は、どこの生れか、ほんとうのことをいわねえか。今日の今日まで、静岡だの千葉だの東京だのと、いつも口から出まかせばかりいうて来たが、今日ばかりはほんとうのことを聞くぞ。いわぬと、この手を振り飛ばすぞ。」

「たすけてくれたらいうよ。向うの道まで出たらいうよ。」

「誰がその手に乗るものか。家は地主だというかと思えば、今度は料理屋だというし、それかと思うと雑貨屋だという。どうしてほんとうのことをいわねえんだ。さ、ほんとうのことをいうかいわねえか。」

「いうったら、いうから連れて出ておくれよ。」

「ここでいわなきゃ出ねえ、二年も三年も夫婦でいながら、手前《てめえ》の生れたところさえいえねえとは、いったいどういう訳か、それから先に聞かせてくれ。さあいわねえか。」

　熊吉は体を振った。お岩の体は鯉のぼりのように揺れ返った。それでもお岩はいおうとしない。

「何故いわねえ——いわねえところをみると、泥棒かまおとこか、それとも人殺しでもして来たのか、どっちみち遠くから逃げて来たのに違いねえお前《めえ》だ、女の一人身で、あの真夜中に、この峠を越して来るからには、どうせ普通じゃあるめえ。普通の者なら、甲府に出るには西に廻って佐久の甲州街道をゆく筈だ。それを、わざわざこっちへ廻って来たには何か深い訳があろう。さあその訳から先にいえ。」

「わざわざ来たんじゃないよ、道が近いからじゃないか。」

「道は近うても時間がかかる。それに滅法淋しい。その上手前《てめえ》は、荷物一つ持っていない北国《ほっこく》の雷じゃなかったけ。この先十里の甲府にあの時何用《なによう》でゆくつもりだった？　さあいわねえか。」

　しかしお岩はさらに答えなかった。

「そのほかにも、いわせることは山ほどあるぞ。そもそもあの時手前《てめえ》は、すぐ峠の北から来たといったが、峠の北は南佐久の女山《おんなやま》だ。女山の山女とでもいうのか？　それも聞くぞ。」

　熊吉はまた腰をゆすった。お岩の体は水にふわりと踊った。

「あの時、越した峠は信州峠一つだといった。ところが、あれから後《のち》の、手前《てめえ》の話に気をつけていると、千曲川のことや、そのまた北の天狗山《てんぐやま》や、馬越峠《まごしとうげ》の話を、人の話につり込まれてはうっかり口走る。それも一度や二度じゃねえ。あの馬越峠を知っているからには、いずれ豊里《とよざと》の方から来たんだろ？　さあどこから来たのかいわねえか。」

熊吉は、雨の流れる自分《おのれ》の顔を、つるりと拭うと、

「どうしてもいわねえのか。」

と、大きな掌《て》で、ぐしゃりと首を摑んだ。

「いうから道まで連れ出しておくれよ。」

「よォし、今日ばかりはいわせるぞ。」

熊吉は、お岩を右に搔き抱《いだ》き、のそりのそりと濁流に歩みをはこんで行った。

大きな蛙

すぐ目の前に見えている道ではあるが、水底が抉《えぐ》られているので、なかなか出られはしなかった。

ようやく出たところに、大きな梅の木が一本生えていた。それに片手をかけて、山道にあがると、そこは一番高くて、濁流はかろうじて届いていなかった。

「さあいえ。」

熊吉はお岩をおろした。お岩は、自分の体が、ようやく自分のものになったのを知ると、

「あの婆さんが死んだらいうといったじゃないか。」

と狡猾《ずる》い顔をした。

「何ッ。」

熊吉の泥靴のような手がのびた。お岩はふうと歯を剝き出して、蛇のように火を吐いた。

濁流に押し流されて来た山蛇が、鎌首を擡《もた》げた感じだった。

（おお、気味がわるい。）

熊吉は、思わず手を引いて、

「恐ろしい奴だ。母親《おかか》のこととなると、きっと恐ろしい顔をするが、いったいそれはどういう訳だ？　それに、二の句には、あの婆ァを殺せだの、今に死んだらというのだというが、恩のある人を、どうして殺さねばならぬか、それから先にいえ。」

今にも飛びつきそうなお岩を、じいっと警戒しながら熊吉は問い詰めた。

「あんな恐しい、ほいいと婆ァが生きていると、おいらは呪い殺される。お前さんは、恩人恩人というけれど、こっちが頼みもしないのに、無理に泊めたんじゃないか。不

思議だと思っていたらお前さんという恐ろしい男が牙を研《と》いで待っていたじゃないか。私は、泊る前の体にしてもらうかさもなければ、あの私を無理に引きとめた、ほいいと婆ァに死んでもらうんだ。婆ァが死んだら何もかもいってやる。そして故郷《くに》からどっさり大金を取り寄せてやる。それまでは、私が何であろうといいじゃないか。」

馬鹿にしたような、ごまかすような、淫らな目つきで、にやにやと寄りかかる。

「金なんぞ要《い》らん、この業畜生《ごうちくしょう》。要らぬからこのままどこにでもうせあがれ。俺《おいら》が牙を研《と》いでいたとは何ごとだ。あの晩、おいらの方から、どうかしたというのか、この口幅《くちはば》ッたい強《ごう》つくばり！」

熊吉の掌《て》が空にのびたと思うと、お岩はいそいで顔をよけた。

「ぶち殺す気ならさあ殺せ、さあ殺せ。」

お岩は熊吉の首にぶらさがった。そして両足でまきついて、

「牙を研《と》いでいねえものが、家《うち》におく気のねえものが、それでは何でおいらを女房《かかさ》にしたか、今さら後悔するのなら、何故あの時――ああ口惜《くや》しい。母子《おやこ》でおいらをいびるがいい。」

熊吉は、があっと喉に嚙みつかれ、ひいッと悲鳴をあげた。

（ああ俺《おいら》が弱かった。それにあのお袋《ふくろ》が、簡単に人に親切にするからいけないんだ。相手も見ずに誰にでも親切にするからいけねえんだ。こんな奴を泊めたりなんぞしな

ければ、俺《おいら》も間違いはおこさなかった。実際、なさけは為にならねえんだ。おいらだって、そのやすっぽい親切のために、こうして百姓などにされてしまった。ああ忌々《いまいま》しい。）

熊吉は（俺は瀬降《せぶり》に帰ろう。）と考えた。

一人しずかに腰をあげると、わが家《や》の方に目をやった。北の森蔭に小さくかこまれた、わが家が目に映った。

（おや、お母《かか》が庭に出ているぞ——どうしたんだろ、雨に濡れて立っている？）

なおも背のびをして見ると、雲と雨とでよくは見えないが、母のお島が、蓑《みの》を手にしてしきりにこっちを見ながら叫んでいるのであった。

「熊よォ？　どこの畑にいるんだよォ。」

雨の音、濁流の音、それに、ごろごろと鳴りひびく雷鳴、声は遮《さえぎ》られてよくは聞えないけれど、母は桑摘みに出たきり、未だに戻って来ない二人を案じて、蓑をとどけようとしているらしく、庭先に立っていた。

（出る時に、この畑に来ることをいわずに来た俺たちだ。）

熊吉は、すまないと思った。

（あんないいお母《かか》を、俺《おいら》はときどき擲《なぐ》るんだ。このお岩のやつにそそのかされて——）

熊吉は口惜《くや》しくてならなかった。（いそいで帰ろう。）身を飜《ひるがえ》すと、濁流の中に飛び込んだ。

「おいらをおいてゆくのか。」

お岩が慌ててすがりついた。熊吉はそれを振り切ろうともせず、かえって、

（早く来い。お母さんが心配しているぞ。）

と、無言で手をとった。

お岩は、それだけではあきたらず、背中に飛びついて、

「背負《おぶ》っておくれよ。」

と両足をひろげた。熊吉は、大きな腕をお尻に廻すと、一《ひと》ゆすりずんとずりあげた。まろび出たお岩の白い膝ッ小僧は、雨に洗われてますます白かった。

一町ほどゆくうちに、雲は、ぐいと東に外《そ》れて、あれほど消魂《けたたま》しく荒れていた空とは思えぬほどけろりと晴れあがった。

「天気まで気狂いでいやがる。」

熊吉がいうと、お岩は、

「ほんとにお前さんのようだよ。」

といった。熊吉は、相手になる代りに、くすりと苦笑した。

折柄――ごう――と地芯をゆすぶって、上手《かみて》の方で地が辷《すべ》った。

「お、鳩首《はとくび》の出《で》ッ鼻《ぱな》が辷ったぞ。」

熊吉は、ずっと上手《かみて》西北に鳩の首のようになって、山道にのしかかっていた山の一角に目をやっていた。山の一角が、どど、どど——と音を立てて辷《すべ》っているのであった。

松が横になり、杉が斜めになって、一反歩《たんぶ》ばかりの山が、南の谷に向って、物凄い速度で辷《すべ》っているのだ。

千切《ちぎ》られたあとには、赤い地肌が露出して、何だか不気味な気配に迫られている気がした。

山津波は地上の濁流を二つに断ち切って、畑や道を舐めつぶして、南の塩川の谷に、泥煙《どろけむり》をあげて雪崩《なだ》れ落ちた。

今まで熊吉の歩いている方へ、西から流れていた濁流は、たちまち地辷《すべ》りに引かれて大潮の引くように逆に流れ去った。

「急に、足が軽くなった。」

熊吉は、現れた自分の足の甲に目を落した。

そこら一帯は、表土《うわつち》を流されて地骨《ちこつ》の河原になっていた。

そして、徳利蛇《とくりへび》や縞蛇《しまへび》や土龍《もぐら》や野鼠などの死骸が点々と転げていた。

「だいぶん降ったんだなあ。」

熊吉は急な出水《しゅっすい》に逃げおくれたり、ねぐらを崩されたりして死んでいる蛇や野鼠や

土龍《もぐら》の死骸が珍らしかった。と背中のお岩が、

「ほォれ、そこの藪に、大きな蟾蜍《かえる》がいるじゃないか。」

と跳ねおりた。そして全力の体勢で、蟾蜍《かえる》を押えつけた。

「ほれェ――こんなに大きいが。」

高低のある嬉しそうな声で叫びながら、お岩は蛙の横腹を摑んで空高くさしあげた。

「お前さんの頭より大きいよ。」

四つの足を、わやわやとさせ、大きな目玉をくるくると動かし、蛙《かえる》はバスのような声を出すのであった。

「これ美味《うま》いよ、早く帰って焼いて食べよう。」

お岩は、今日中一度も見せなかった笑顔をつくって、いそいそという。

（あれで、笑うとやっぱりいい女よな。）

熊吉は、つい釣り込まれて笑った。そして自分ながら（俺《おいら》は、どうして、山窩《なでし》の血筋にも似合わず、こうも甘い男に生れたのかしら？）と思った。

仲よくお食べ

からりと晴れた青い空に、再び照った太陽は、軒先に蓑を抱えて立ったきりの、暗い顔のお島をくっきりと照らしていた。

「お母《つか》さん顔色がわるい、それに濡れているがどうかしたかい？」

熊吉は、あんまりぼんやりしている母にたずねた。そこへお岩が来た。お島は、

「大へんな雷さまで、さぞつらかったずらあ。これを持って行こうと思ったが、あんまりひどかったもんだから。」

とお岩の顔を見かねるようにいうのであった。

「桑籠を二つも流してすまんことをした。」

熊吉がいった。と、お岩が、

「そんなことをいわなくたっていいじゃないか、婆さまだったら身体《からだ》を流されてしまおうぞ。」

と、熊吉にしんみり口を利かせなかった。またお島も、何かいいたげにしていたが、その一言《ひとこと》を聞くと、

「ああ。」

と、かすかにいって、手にしていた蓑を、ばさりと取り落した。

「ほれ、あんなにぼけてるよ。拾わんか。」

お島は嫁に叱られて、蓑を拾って框《かまち》に腰かけた。

「お母《つか》さんどこか悪いのじゃないか？　早く濡れた着物を脱ぐがいい。」

熊吉が重ねていうと、

「わしのことはかまわぬが、それよりも熊さん――」

何かいいかけるとまたお岩にじろりと睨まれて、口をつぐんでしまった。

お岩は、母子《おやこ》を睨みつけながら、台所で庖丁を取りあげた。蛙を食べることは、この家《や》に来てから覚えたのであるが、料理するのは器用なもので、たちまち蛙を四五枚におろした。

そして、まだ突っ立っている熊吉を、はがゆそうに睨みつけ、

「お前さん、早く火をおこしておくれよ。」

と怒鳴《どな》った。熊吉が竈《かまど》に火を燃しつけると、お岩は蛙をあみにのせて、塩をふりかけ、

「軽く焼くんだよ。」

といいつけた。熊吉は無言で蛙を焼きながら、香《こう》ばしい香ばしい匂いを嗅ぎつつも、母の暗い顔が気になってならなかった。お岩は竈《かまど》の後ろの土間においた釜の蓋を、蠅を追いながらとって見た。朝炊いたばかりの御飯であるが、温気《うんき》のために、釜肌がいたんだとみえて、酸っぱい匂いが芬《ぷん》と発《た》った。

「お母《つか》さん、これはどうしたんだよ。何をしていたか知らないけど、そんなにぼんやりしているひまがあるのなら、これを煎《い》るとか煮るとかしてくれてもいいじゃないか。ほんとにぼけ婆さんたらありゃしない。」

かんと音立てながら蓋をして、

「お前さんもお前さんだ。これくらいなことはしてくれるようにいったらいいじゃないか。ほんとに癪《しゃく》に障《さわ》るったらありゃしない。」

焙烙《ほうろく》を取り出すと、御飯を投げ込むように移して煎《い》り飯《めし》にした。蛙は熊吉がこんがりと焼きあげた。塩焼飯に、油のにじんだ蛙の塩焼き、食べなれた者にはたまらない美味だった。夫婦は炉端にあがって食べかけたが、お岩は母には黙っていた。熊吉はたまりかねて、

「お母《つか》さん、おまんま。」

といった。（早くお出でよ、蛙がよく焼けた。）という気持のこもったいい方であった。

「ああ。」

お島がそういっておそるおそる熊吉の横に坐ると、お岩はじろりと睨みつけ、

「何をしていたか知らぬが、ようも、ずうずうしく食べられるもんだ。ほれ。」

といって茶碗を突き出した。茶碗の底には、ちょんびりしか御飯を注《つ》いでなかった。その上お菜は蛙ではなくて、塩漬茄子《しおづけなす》の、半分腐れかかったものを、たった一《ひと》きれ載せてあった。

お島はしずかに受け取ると、ぽろりと涙をこぼした。

「お岩、お母《つか》さんに蛙をあげたらいいじゃないか。」

熊吉がたまりかねていった。と、お島が、

「熊さんいいんだよ。お母《つか》さんは、蛙を食べたくて涙を出したんじゃないんだよ、どうぞ夫婦で仲よく食べとくれ。これがこの世のお別れ――」

とまでいって、涙は尚《なお》つづくのであった。熊吉はぎょっとして、

「あげたらいいじゃないか。」

と血相を変えた。お島はそれを押えるように、

「熊さん、何もいわずに、どうか今日のお昼だけは仲よく食べとくれ。お母さんのたのみだよ。お岩さんも、どうぞな、思う存分食べておくれよ。これがなあ――」

そういって、また、大きな涙をぽろぽろと落した。

「お母《つか》さん、ゆるしておくれ。」

熊吉は食べかねて茶碗をおいた。お島は、

「熊さん、熊さん――」

といって、何かいいたげにもだえるが、喉につかえて、それからさきがいえなかった。

それは、いおうとして、どうしても口に出せない、とても不憫な重大事が、お岩の身の上に差しせまっているからであった。

お菊という女？

今朝方《けさがた》、お島がボロを引き出したといって、お岩がさんざん悪たれづいて桑摘みに出てゆくと、しばらくしてから見なれぬ来客があった。

「私は、松本からわざわざやって来た刑事係《おなわすじ》の斎藤房蔵という者だが、この家に女囚監破りのお菊を匿《かく》まっているというではないか。」

と、威丈高《いたけだか》に睨みつけながらいった。

「お菊でございますか？」

お島は、心もちふるえている相手の唇を見つめながら問い返した。

「お菊というのが本名で、ここではお岩と変名しているということだ。」

「あれ、それでは、うちの嫁ずらあ。」

お島はぺったり尻餅を搗《つ》いてしまった。

「家《うち》の嫁は牢抜けでございますか。そしてお菊というのが本名で？——」

お島のふるいは止《や》まなかった。

「とんでもない女を嫁にしたものだ。あの女は東京の滝野川で、鉄道院に出ていた夫を、その間夫《まぶ》とぐるになって絞め殺し、無期徒刑で松本の女囚監に服役中、囚徒をそそのかし、その肩梯子《かたはしご》に乗って女だてらに脱獄した平林お菊という今年三十一の女だぞ。どうしてそんな者を、熊吉の女房《かかさ》にしたのか知らねえが、お役によって召し連れに来た。」

刑事は家の中を、鷹のような目で探《たず》ねまわった。

「そんなこととは夢にも知らず、今日が今日まで、いい嫁だと思っておりました。」

「婆さんかくすな。この村々の評判を知らないか。お袋《ふくろ》のお島さんがたった一度、（まさか牢ぬけじゃあるまいねえ――）とうっかりたずねてからというものは、こと毎にお前さんに突っかかり、殺さんばかりに虐《いじ》めているということだ。お役の者に嘘をいっちゃいけないよ。」

お島は詰め寄られ（それでは、何もかも探りぬいての上で、こうして捕えに来たのだな。）と思うと、急にお岩が不憫になった。

「夫婦共いないようだ、どこへ行った？　母殺《おやごろ》しもしかねない毒婦をかばうにゃあたるめえ。不愍も病みつきでは為にならないよ。」

のしかかられてお島は、

「桑摘みに――」といいかけて、

「桑摘みにゆきかけて、また夫婦は喧嘩をはじめまして、死ぬの生きるのといって、下の淵の方に飛んでゆきました。それをまた熊が追っかけて、さっき出たきりでございます。」

「淵に行った?」

斎藤刑事はすぐゆきかけた。お島はそれを追っかけて、

「下の淵にいなければ、ずっと南へ行ったかもしれませぬ、逃げたり追ったり、何年となくくり返している夫婦ですから。」

「よし、もしもゆき交《ちが》いになったら、俺の来たことをいうではないぞ。いうたら情を知っての隠匿罪に問われるぞ。」

斎藤刑事は、一目散に駈け出した。紙緒の草鞋《わらじ》が木戸口に消え去ると、お島は、(可哀相に、自分のことがばれると思って、私に邪慳《じゃけん》にあたっていたのか)と、納戸に転げるように這い込んで、臍繰金《へそくりがね》の財布を取り出した。

(この間《ま》に逃がしてやりましょう。)

庭先まで飛び出すとそこへ雷が裂け散り豪雨は沛然と降って来た。

(ちょうどよい。この雷雨のつづいているうちに。)

蓑を抱えて木戸口に走り出た。だが、折柄おこった暴風に、お島は吹き飛ばされて歩けなかった。転んでは起き、起きては転んだ。そして、

(何とかして、金を持たせ、蓑を着せ、お岩だけは逃がしてやろう。もし、熊吉も、一しょに行くというなれば、あれももともとこの家の倅《せがれ》でない。そうじゃ。)

とまた行きかけた。しかし西南から吹いて来る物凄い向い風は、どうしてもお島の

老体を、前にすすませはしなかった。

（この吹き降りでは、お役も今頃降り込められているだろ。でも、ひょっこり今の刑事が、雨宿りに戻って来たらどうしよう。そしてぱったり顔を合せたら。）

そう思うと、お島は動くこともゆくことも出来なかった。ただ呆然となって軒下に立ちつくしていたのである。

熊吉もお岩も、それを感づくことも出来なくて、お岩はただつらくあたるばかりであった。それだけにいおういおうとつとめているお島の口が、どうしても重くもつれているのである。

お島にしてみれば、たとえどんなに悪たれをいわれようとも、どうにかこうにか、死水《しにみず》さえとってくれるなら、折角縁あって居ついたお岩ではあり、こんな水呑《みずのみ》百姓の後をついでもらうのだと思うて、今日までこらえて来ただけに、今さら、複雑な気持にあやなされ、それが持前《もちまえ》の哀れみの感情と、ごっちゃにもつれて一層不愍になるのであった。

まだ泣いているよ

お岩は平気な顔をして、

「茄子をあげたのがそんなに気に入らないなら、食べてくれなくてもいいですよ。皮肉な真似ばかりしやがって何をそんなにめそめそ泣くのさ。」

お岩からいくら邪慳にいわれても、今にもお役がやって来るのだと思うと、お島の胸の中には不憫がこみあげて、一層ものがいえなかった。

「まだ泣いてるよ、そんなに茄子が気に入りませんか。」

改まったり、ぞんざいになったりする物のいい方が、お岩の特徴であった。お島は、

「なんの——」

といって、右手を懐にさし入れて、路用の財布をしっかり握った。

「嫁女《よめじょ》——」

お島が何かいおうとすると、熊吉が、

「ひと切《きれ》あげたらいいじゃないか。」

と箸を末箸《うらばし》に持ち替えて、蛙の塩焼をはさんだ。

「いいんだよいいんだよ、わしをかもうていないで、嫁女に早く食べさせておくれ。ご飯は喉をとおらない。」

お島が押し返すと、

「いらんというものをほっとけばいい。さっきから膨《ふく》れてばかりいやがって。」

お岩は母の茶碗を取りあげた。熊吉も、お岩の言葉に呪われたようにかっとなり、

「お母《つか》さんもお母《つか》さんだ。おれのすることまで、そんなに気に入らないのか。」

きっと膝を向けたかと思うと、熊吉は、拳骨を振りあげた。それはお岩をなぐるつもりであったが、振りあげた拍子に、顔をよけようとしたお島の鼻にぶち当った。お島は、

「ふう。」

と鼻を押えてよろめきながら次の間の、蚕棚《かいこだな》の方へ歩いて行った。そして蚕網にどしんとぶちあたった。お島は網の下に敷く新聞を引きぬいて流れる鼻血を押えた。

「新聞を使っちゃ困るじゃないか、おれが買ったんだよ。お前さん。」

憎々しげにお岩が叫んだ。熊吉は、すぐ立ちあがって、母の方へよろめき寄った。それは新聞紙を奪うつもりであったか？　ともかく熊吉にもよく判らなかった。

と、この時、軒下にあたって、ぴちゃぴちゃと濡れた草鞋《わらじ》の足音がひびいた。

（誰か来た？）

熊吉はいそいで炉端にかくれた、お岩も（はっ？）となって茶碗をおいた。

それよりも驚いたのはお島であった。お島は（お役のお方だ）と思うと、それに鼻血を見せまいとして、わざと鼻をかみながら、斎藤刑事と顔を見合せた。

「ああ濡れた。どうだいお婆さん、戻ったか」

刑事としては、少々不用意な問い方であった。相手が老婆であるのに気をゆるした

故《せい》でもあり、無駄足を踏んだ上に、さんざん雷雨に濡れてうんざりした気持とが、やれやれという気持になって大きな声を出したのであった。お島は何喰わぬ顔で、

「あ、さっきのお役のお方様。今の雨でさぞお困りになったずらあ。あれからすぐ戻りましたが、また鍬を担いで出かけました。」

「どこへ？」

「ほれ、その向うの栂《とが》ノ木のこっち側の桑畑の中ですが、今洗われた岸に水除《みずよけ》をつけていましょうが。」

　お島は向うを指さした。

「どこだ？　さっぱり見えねえぞ。」

「ほれ、嫁が跼《かが》んで、熊吉が側で鍬を振りあげていましょうが。」

「見えねえな。じゃあ行ってみる。だが、私の来たことを饒舌《しゃべ》りはしなかったろうな。」

「何で饒舌《しゃべ》りますものか。何もかもお見とおしのお役様に。」

「それでなくちゃいけねえ、あんな嫁は為にならないよ。随分苦労したずらあ。」

　斎藤刑事は、いとも得意気で駈け出した。

「あの栂《とが》ノ木の下だな。私は、近頃目が薄くなったもんだから。」

振り返りながらいった。お島は、その後ろ姿に手を合せ（この婆ァめは、監獄へで

もどこへでもゆきますから）と口の中でいった。

山海嘯《やまつなみ》

お島が炉端に引きかえしてくると、お岩は障子の蔭でがたがたふるえていた。熊吉も立ったり坐ったりして、お岩とお島の顔を見比べてばかりいるのだった。

「ほれ、これをやるから早く、早くどうにでもするんだよ。今にも引きかえしてござらっしゃるずらあ。」

熊吉に財布を渡し、お岩の側に寄り、

「嫁女、お母《つか》さんは何もいやしないんだよ、でも向うさまが何もかもいわしゃった。早くこの路金を持って、今のうちならどうでもなる。」

いいつつも涙ぐむお島であった。

「お母《つか》さん、私はあんな人に連れてゆかれる覚えはないんですよ。でも、もうここにも居飽いたから、それではおいとましますよ。」

熊吉の手から財布をとると、帯の間にぎゅッと押し込み、

「それじゃあ、私は逃げたといっとくれ。」

裏口から出かけたが、何だかそこに待ち受けられているような気がして、

（いや待てよ。）

と、また踏みとまった。そして炉ばたに引きかえすと、

「今逃げてはまずい。それよりか、納戸《なんど》の長持《ながもち》に入っていた方がいい。お前さん早く、私がはいるから、外から錠をかけて下さいよ。」

納戸に熊吉を連れ込んだ。

「ねえ、そしてねえ、お前さんはすぐと栂《とが》ノ木の桑畑に廻り道をして、お岩は甲府の方へ向って逃げたといっておくれな。そして向うに追っかけさせておいて、私は逆に逃げるから。たのむことよ。」

お岩が長持の中にかくれた。熊吉はしかたないように錠をおろした。そして裏から鍬をかついで遠廻りをして栂ノ木に向った。

それと一足《ひとあし》ちがいに木戸口から、

「いないがねえ？　お婆さん。」

と、不審な声で呼びながら、斎藤刑事が戻って来た。

「そんな筈はないですが。」

お島は庭さきにおり立って、はらはらしながら栂ノ木の方を見やった。ちょうどその時、熊吉が向うの道に現れていた。

「ほれ、あっこに熊がいましょうが——。」

「あ、あれか。」

斎藤刑事は、熊吉の顔を見ただけで、すぐ走り出した。そして木戸口のだらだら坂をおりた時だった。

ごう、ごう——と、地軸をゆすぶる大音響が、どこからともなく響いて来た。

「おや？」

斎藤刑事は足をとめて、あたりを目早く見廻した。一瞬、斎藤刑事の目に映ったのは、熊吉の家のすぐ上の山肌が、約一反歩《たんぶ》ばかり崩壊して、まっすぐに辷《すべ》り出した瞬間であった。

「山津波《やまつなみ》だ、おおお婆さん。」

ゆるい傾斜の山ではあるが、赤松や杉の生えた黒土山《くろつちやま》が抜けて、恐ろしい勢いで辷りつつあるのだ。

「山抜《やまぬ》けだよ。」

叫ぶ斎藤刑事の声につづいて、

「お母《つか》さんお母《つか》さん。」

と、鍬を投げ捨てて熊吉が飛んで来た。

「早くお婆さんをたすけないと。」

斎藤刑事は、犯人逮捕のことなどうち忘れ、いや、あと廻しにして、遠くへ逃げながら叫ぶのであった。

熊吉は矢のように、わが家に飛び込むと、

「お母《つか》さん、山抜けだ、上の松山が抜けたんだ、早く早く。」

ごうごうと次から次と、山を押し割りながら、地ひびきあげて辷って来る音が、既に家の中にもひびいていた。

熊吉は、やっとの思いで母の手をとった。お島は、

「長持が長持がッ。」

と叫んで、手を振り放そうとした。

「そんなこといってるうちに。」

熊吉は歯痒そうに、母をかき抱くと、夢中で斎藤刑事のあとを追って避難した。実に危機一髪であった。

東の道の曲り角まで来ると、山津波は、熊吉の踵《かかと》をすれすれにかすめて、下の谷川に向って一気に辷り去った。

「家を持ってゆかれたぞォ。」

大分向うに立っていた斎藤刑事がいった、熊吉が振り返ると、山津波に突きまくられた吾家が屋形船が波乗りをしているみたいに、のぼったりくだったりしながら、押し流されているのであった。

熊吉が、はらはらするのを見た斎藤刑事は、

「お、お岩はどうした？」

といった。その声は妙に他人ごとのようにひびいた。熊吉は、

「あっしより一足先に帰りましたが、裏木戸あたりで呑まれたかもしれません。」

といった。

「なな何ッ？」

刑事の驚いた刹那、押し流されている山肌に、家と邸《やしき》が一気に呑みこまれてしまった。

それこそ自然の驚異は目《ま》のあたりであった。熊吉の家は、どこへどう這入《はい》ったのか、泥土《どろつち》の中に、ぐぐッともぐり込んで、柱一本見えはしなかった。ざざッ——という、一種異様な音が谷底からひびきあがったと思うと、いつもは見えない谷川の流れが急に見え出した。

川に山が辷り込んだので、流れを堰《せ》かれた川が、一気に濁流の海をつくったのである。

「お母《つか》さん？」

熊吉がいうと、お島が生きた色もなく、

「お役様、嫁はどうやら山津波につぶされたようでございます。」

といって手を合せた。

「わしは大失敗をしたぞ。」

そういううちにも、あとからあとからと小崩れがつづいた。

「危い。こんなところにいては。」

刑事の声につられて、熊吉は、

「あの東の竹藪にゆきましょう。竹山なら大丈夫ですから。」

と母を背負ってゆくのであった。歩きながら熊吉は、

「家《うち》はおいらがまた建てるから、心配しないがいいよお母《つか》さん。だけどお蚕《かいこ》さんが可哀相に。」

というのであった。お島は、

「あ、でももう家《うち》も何もいらないよ、あの家《うち》さえなかったら――こんな苦労も――。」

といいかけて、急に気づいたように、

「どこへでも連れてッておくれ。無理に家《うち》などつくらんでもいいからよ。」

といい直した。それは山窩《さんか》の瀬降《せぶり》にでも行った方が何ぼ気が楽か知れない――という意味らしく聞えた。

化《ばけ》茸《きのこ》

山で逢った女

近頃とみに名を知られてきた御岳昇仙峡、あすこの駐在所に、私はながらく駐在していたのでありますが、あの辺にはちょいちょい不思議なことがありました。

それは大変によく晴れた秋のことでありました。あの昇仙峡のずうッと奥にあたる奥千丈岳《おくせんじょうだけ》に這入《はい》って、水晶をさがしていた男が、昇仙峡を下る途中の猫坂で、裸体に近い女に出会ってげらげら笑いかけられ、気味がわるくなって患《わずら》いついているという、村人の訴えを受けたのであります。

「そんな馬鹿な話が――その男はどこにいる？」

と半信半疑で聞くと、ようやく気を取りかえして仙娥《せんが》滝の人家に休んでいるというので、私は訴えて来た村人といっしょに、その男に会いに出かけました。

この男は甲府の八日町の西山新七という鉱山師《やまし》で、御承知の甲府名産の水晶を、金槌一本を腰にして、山から山を年中探し歩いている男でありました。

頑丈な、見るからに鉱山師《やまし》らしい体格の男でありましたが、蒼白な顔色をして、がたがたふるえていました。その顔を見ると、まんざら嘘でもなさそうだ。

「その女はどんな女だった？」

と聞きますと、側《そば》から村人たちが、

「どうやら千塚村《ちづかむら》のおそねさんらしいんですよ。」

と申します。

このおそねさんというのは、甲府市外の千塚村の縮屋《ちぢみや》の妻女《かみ》さんで、五年ばかり前に、突然家出をしたのであります。

夫は雨宮《あめみや》時三郎といって、例の郡内《ぐんない》つむぎや甲斐絹《かいき》を、背負子《しょいこ》に乗せて、行商して歩くので、おそねはいつも留守ばかりさせられていたのであります。

そんな訳で、一《いち》の暮――即ち昼と夜との境目の刻限に庭先に出て、ぼんやり西北に向って八ヶ岳の方を見遣っていました。

その姿が何となく物淋しく哀れに見えたので近所の人たちは、

「わるい時に庭に立っているが、間ちがいが起きねばよいが。」

と心配したのであります。それというのは、このおそねさんは、それから少し前にお産をしたが、それが死産であって、産後が思わしくなかった。しかもそれが初産《ういざん》であったので、力を落してどことなく哀れっぽく見えていました。

かたがた夫は留守がちだし、灯《ひ》ともし頃ともなれば、何となく物悲しくもなったのでありましょう。

そんなこんなで、近所の人たちも、訳もなく、

「わるい刻限《とき》に庭に出ているが――。」

といったのでありました。

と、その言葉が暗示になったとでもいうのか、夫の雨宮時三郎が家に戻ったのが八時頃であったのに、妻の姿が見えません。

「どこへ行ったんだろ？」

と、心当りをさがしたがどこにもいないし、里方《さとかた》の家にも帰っていない、二日三日と経つうちに、だんだん大騒ぎとなって、川探し山探しと、村中で騒いだが、さらに手がかりがないままになって、今日《こんにち》までそのままになっているのであります。

しかもちょうど五年目に、その行方不明のおそねさんの話だから、私も、（或いは⁉）と思ったのであります。

そこで、いろいろとこの鉱山師《やまし》西山新七にその時の状況を聞きますと、少々気味のわるい話となりました。

「とても驚きました。私は、もう四月《よつき》も山に這入ったきりですから、少しでも、早く

家に帰りたいと思って、今日のお昼頃この上の中津森《なかつもり》の山を出て猫坂にかかりました。そして、猫坂のあの三本松のところまで来ると、へへへえ――へへへへえ――といって、ええをながくひっぱる女の笑い声がするので、ふと立ち止まったのでありました。

そして声の方に目をやりますと、あの松ノ木の下に大きな岩があるのをご存じでしょう。あの岩に腰かけているのです。その女が、それも満足に着物を着ているのなら何も驚きはしないが、ほとんど裸体《はだか》で、体《からだ》には泥やなんかが一ぱいに喰《く》っついているので、顔でもどこでもまっ黒でとても気味がわるくなりました。

しかし、私には気づいていないらしいので、こっち側の崖際《ぎわ》から、こっそりのぞいて見るとその女は松茸《まつたけ》の掃除をしていました。側《そば》には五六本の大きなのをおいてありましたから、山でとったのでありましょう。まだ蓋《かさ》の開いていないのばかりでありましたが、大きなやつを、綺麗に掃除をしてしまうと、むしゃむしゃと食べはじめました。」

「生《なま》でかね？」

私が聞きますと、西山新七は、

「生ですとも、かさの方から、むしゃむしゃ食べるのが、とてもうまそうであります。喰いちぎり喰いちぎりして、たちまち食べてしまいました。

食べてしまうと、喉を撫でたり、胸をさすったり、両肩をぴちゃりと叩いたり摑んだりとても妙なことばかりしますが、なにしろ山垢《やまあか》が皮膚《はだ》にしみ込んでいるのでまっ黒くて、普通の裸女《はだかおんな》を見るのとは、まるで気持がちがいます。ところが掌《てのひら》のまっ白いのには驚きました。それから歯、歯の白いといったらありません。それに目がぴかぴか光るから、とても変です。だけど、一挙一動が猟奇的ですから容易に見捨てて来ることが出来ません。いつまでも見ていようと思っていると、あの岩頭に女がぐうッと立ちあがって、私をまっぽしに見つけてしまいました。

私の目と、その女の目とがかち合ったから、私は素知らぬ顔で歩き出したのであります。」

「それではお前さんは臍は見なかったかね？」

私がたずねました。これは、はなはだ穏当でないことを聞くようでありますが、このことは笑いごとではないのであります。

そもそもこのおそねという女が行方不明になるとその人相特徴というものが重要なことになりまして、その特徴を箇条書きにして、全国に手配したのであります。もしどこかで、自殺しているとか、行き倒れているとか、殺されているとかいう場合に、本人かどうかをたしかめる。その時の参考に詳しく書き並べたその箇条書きの中に、身体の特徴、一、出臍《でべそ》――というのがあります。

それを私はよく記憶していたので聞いたのであります。ところが西山は、

「そんなことには全然気がつきません。何しろ、まっ黒けですから。」

と申します。

子供をおくれよ

「そうかね？　それでは千塚村のおそねらしいというのはどの点かね？」

「それは私がいったんじゃありません、ここにいる人たちが、もしやそうではあるまいかといったのが、らしいということになったんですよ。」

と西山は申します。

「なるほど。それではお前さんは話も何もせんで、そのまま逃げて来たというのかね？」

と聞きますと、

「深い話はしなかったが、私を見つけると、げらげらと笑いながら、手を出して側に寄って来ました。私はぞッとして、『何がほしいか？』と聞きました。すると、『子をくれ子をくれ』というじゃないですか。私は山の中ばかりで暮しているので、大抵のことは驚かないが、こんな正体の知れない女から子をくれなどいわれてみなさい。誰だって意味がわからないから気味がわるいですよ。私はいうにいえない不気味さに襲われて、こんなものに魅入られたら、生命《いのち》がないと思って、いのちからがら逃げて来ました。」

「それでは、それがおそねであるかないかを聞くひまもなかった訳だな?」

「そんなことを、聞こうにも全然考えが浮びませんが——それを考えつくらいなら、逃げたりなんぞしません。あなたが私と代っていたとしたらどうでしょう。やっぱりおそねさんも何もかも思い出すひまなぞありませんよ。きっと逃げて来ますよ。それがですよ、まっ黒い顔で唇は赤くて、歯がまっ白くて、その歯を見せて、げらげら笑いかけられてご覧なさい。その上、髪は鳥の巣のようになっているし、ああ気持がわるい。」

西山は、ぶるぶるッと身をふるわせました。

「しかしじゃな、私は職務上、こういうことを訴えられた以上、聞きのがしには出来ない。訴えてくれなければ知らないからそれまでだが、知った以上一応は調べにゆかにゃあならない。どうだね、ご苦労じゃが、元気を出して、その現場まで案内してくれないか?」

私は、少し無理なたのみとは思ったが、それとなく頼んでみました。すると、

「案内だけならしてもいい、その代り、猫坂のその場所さえおしえたら、先に戻って来てもよいですか?」

と申します。

「いいとも。」

ということになって、私は西山新七に案内をさせて、御岳を越して猫坂に向うことになりました。

ちょうど午後の四時頃でありましたから、陽は充分にありました。それに、私という連れが出来ると、さっきまで蒼くなっていた西山が急に元気づいて、なかなか達者な足どりであの荒川伝いにのぼってゆきます。

猫坂についたのは、五時半頃でありました。山道にはなれている吾々田舎者ではありましたが何しろあのとおりの登り道だから、平地のようにはゆきません。

「ここですよ。私がここから、こういう風な恰好で見ていると、その岩の上に、にゅッと立ちあがって、私を見つけると、あの岩角に手をかけてひょいと飛びおりてやって来たんです。だから私は、この崖際をとおって、こういう風に逃げたんです。女は、ここまで追って来たが、あの向うの笹藪のところで振り返ると、もういませんでした。」

西山はそういって、山道で、記憶のままにそのとおりのことをやって見せます。

「どっちに行ったろうな？　松茸《まったけ》をとっていたとすると、山に入っていることはたしかだな？」

私は、岩にのぼって、どっちに行ったか、そこらを見廻したのであります。

西山も側に立って、

「草が倒れておれば、それをたよりにゆけばいいんです。」

と見廻します。

なるほど、岩の北側を見ると、そこに飛びおりたあとがありました。ぼさりと飛びおりたらしく草が座蒲団ぐらいな広さに倒れていて、そこから北に向って、ぼさぼさと続いていました。

「これだわい。これをこのとおりに追ってゆけばきっと見つかるよ。どこにどんな恰好をしているか、さあ、それが何よりの問題だて。」

そんなことをいいながら、私が先に立ってゆくと、西山は帰るのも忘れて、あとからついて来ます。

ところが、桔梗だの女郎花《おみなえし》だのが、一ぱいに咲き乱れた中に、女の足あとは、どこまでもつづいています。

「ここは旦那、黒富士ですよ。」

西山が申します。既に一里の山奥でした。この黒富士は猫坂よりは四百五十米《メートル》ばかり高くて、標高千五百九十六となっていますが、この一帯の太刀《たち》岡山系《おかさんけい》では一番高い山であります。

「そうだね、随分来たな、それにだいぶ陽も暮れて来たし、一応引きかえすとしようか?」

　と申しますと、西山が、

「私は陽の暮れることなど苦にはなりませんが、旦那がお困りでしょう。」

　と申します。

「別に暗くなることが怖くはないが腹がへって来た。こんなことなら弁当を持って来るところだった。お前さんも腹が空《す》いただろう。」

「なに、私は塩をもっていますから。」

　西山は腰の袋をゆすぶって見せます。

「塩?」

「塩さえあれば、茸《きのこ》でも焼いて食えますから、少しも心配はありません。」

「なるほど。いつもそうかね?」

「それはあんた、山から山を歩き廻る人間ですから、握り飯など毎日持っては歩けませんよ。百合の根を掘って食べたり、鳥をわなで捕えたり、手当り次第食いますが、塩だけは持っていないと都合がわるい。これさえあれば何十里這入っても大丈夫です。」

「そうかなあ。鉱石をさがすのも楽じゃないね?」

「その代り、一つ見つけたら一生涯、いえ、孫末代《まごまつだい》まで懐手《ふところで》で暮すんだから。それに、うまく間違って、金山でも見つけてみなされ。」

「なるほどなあ。その希望がなくちゃ、鉱山師《やまし》にはなれんわい。」

「どうします？」

「それじゃあ、もう少し行ってみようか。折角来たんだから。」

「それじゃあ歩きながら食糧を仕入れましょう。この辺には初茸《はつたけ》と松茸《まつたけ》がありますから、とりながらゆきましょう。ほれもうありましたぜ。」

　西山は一握りもあるような、ぐいと反《そ》りを打った大松茸を足もとから抜きました。

「立派だね。しかし変な恰好だね、ははは、五十匁《め》ぐらいはかかろうね？」

「五十匁《め》はないでしょう。三つで百匁《め》ですかな。ほれ、今度は初茸だ。」

　赤褐色の漏斗《じょうご》のような形をした大きなやつであります。

「うまいね、どんなところにあるんだね？」

　私がのぞき込むと、

「こんなところに、ほれ、こんなあんばいで。」

「ほほッ大きいね、それは松茸じゃないか。」

　充分成熟に近づいたやつで、蓋《かさ》が山形に尖《とん》がって、ややひらきかけています。

　私も、だんだん興味に釣られて、草の根をかき分け、かき分け進んでゆくうちに、十《とお》ばかりとりました。

もしおそねであれば？

気がついてみると、いつか陽は落ちつくし、黒富士の蔭が野もせに倒れているのに気づきました。

「帰ろうか？」

私がいいますと、西山は、

「折角来たのに、また出直しますか。」

と打って変った態度であります。

「だってきみ、食糧はこれでいいとしても、暗くなると道が判らなくなる。」

「だから今夜は野宿をしませんか。私は旦那たちから、おそねさんのことを聞いたら、急に怖く思ったことが恥ずかしくなりました。だから、どうしても、自分一人ででも、もう一度会ってみたいんですがねえ。」

「それじゃあ野宿をして、あくまで足あとを追おうというのかね？」

「それの方がいいでしょう。またとなると大変でしょう。それに、見つかって、それがおそねさんと判れば、まだ生きているものと思い込んで、やもめ暮しをとおしている時さんが喜びますぜ。まっ黒いのを連れて行ってやったら、どんな顔をするでしょう。」

こんなことをいうものですから、私もしかたなく野宿を覚悟しなければなりませんでした。

いよいよ野宿ときまると、案外気楽なもので、少しも心配になりません。竹笹に刺した松茸を片手に、前と同じように足あとを訪ねてゆくと、それがまだまだどこまでもつづいている。

やがて黒富士を越して西の曲《かね》ヶ岳《たけ》の方まで出てしまった。ここは宮本村と清川村と、増富村の境界の山で、黒富士よりは、まだ一段と高い山でありますが、そこでとっぷりと陽が暮れてしまいました。

「いよいよ腹が空《す》いて来た。」

私がいうと、

「それじゃあここで食べましょう。そして、今夜はあの大松《おおまつ》の下に寝ましょう。山で寝るのもいいもんですよ。藪蚊もいないし、虫の泣き声が何ともいえませんからね。」

西山は枯枝に火を燃しつけながら申します。

ちょうど早出《はやで》の月が出ていましたが、山の端末の月を見るのは、なかなか悠久な感じをさせられるものであります。

それに、一の暮の空に立ちのぼる、白い煙の趣はまた格別であります。

「いったいおそねさんの家出の原因は何ですかね旦那?」

西山が申します。しかし、これは普通――からいっても、個人の秘密でありますし、ましてて公務にたずさわっている私として、あからさまにいう訳にはゆきません。

「つまり気が狂ったんですかね?」

「まあそうだろうな。それに、夫婦だけしか知らない、いろんな問題もあったかもしれないが夫として、外聞のわるいことはいいたくもないだろうから、ほんとのことは判らんねえ。」

「だけど、夫婦仲は大変によかったそうですよ。それにあのとおりの別嬪《べっぴん》でしたから、時さんも諦めることが出来んでしょう。それにしても、あの裸の女が、その本人だとすればも早正気ではありませんなあ。見つかっても、うまく連れてゆけましょうか?」

「見つけてからでないと何ともいえないが、見つけたら、縛ってでも連れてゆくさ。」

「喰いつきますすよ。あの容子《ようす》では。」

そんなことをいいながら、西山は松茸の掃除をはじめました。

「ねえ、こんなに肉の分厚《ぶあつ》なやつは、中がまっ白ですよ。これは、栂に寄生《はえ》たものですよ。松茸にも、赤松の松茸、栂の松茸、樺太《からふと》では蝦夷《えぞ》松茸と、いろいろありますが、これは栂の鬚根《ひげね》に生えたものでなかなかうまいですよ。こいつには、ヴィターミンDの母体《もと》であるところのエルゴステリンというものが多量に含まっておりますから、たくさん食べると不消化をおこすが、適量にやっておれば、米粒なんぞなくたって生命《いのち》を完全につなげますからね。」

「なかなか明るいじゃないか。」

　といえば、

「そうでもないですが、山ばかり歩いていると自然、こんなことをいうようになります。だけど今の松茸がいちばんの季節《しゅん》といわれていますが、梅雨松茸《つゆまつたけ》もうまいですよ。次は夏松茸《なつまつたけ》で、土用松茸《どようまつたけ》も捨てがたいもんです。」

「梅雨に松茸が生えるかねえ？」

「知りませんか？　季節外れの松茸は昔から珍重なものですよ、早松茸《さまつたけ》といいまして。」

　そんな説明をしながら、西山は松茸の掃除を終ると、腰の袋を取り出して、塩を出しました。

　そして松茸を分厚《ぶあつ》に引き裂いて、塩を三本指でちょんちょん振りかけて、掌《てのひら》で押し揉んで焚火《たきび》の周囲《まわり》に並べます。初茸も、同じようにやります。

「これに柚子か橙《だいだい》がありさえすれば、鬼に金棒というやつで、顎が外れるくらいに美味《おいし》いんですがねえ。昨日《きのう》までは柚子をもっていたんですけど。さあもういいですよ。このほっこらとしたやつをおやんなさい。」

塩が焼けて、白くかたまりついた分厚《ぶあつ》なのをとってくれました。

ぷちりと噛み切った途端の香気の高さと、柔いきちりきちりとする歯ざわりのよさといったらありません。

舌にのせて、味わえば味わうほど、蓋のところの柔かさと、茎《くき》のねばりのある柔かさとが、どうも生物のような感じさえするのであります。

「しかしですねえ、家の中で食べますと、もうほんとうの香りや、そのままの味が消えるから駄目です。ねえこっちの初茸、これだって、こうして山の中で取りたてを食べるから一段と味がいいのですよ。それから、ここんところに青い錆が出てからだともう味が落ちますねえ。さあおあがんなさい。」

「結構だね。」

「初茸《こいっ》は、どっちかというと小味《こあじ》を味わうので、その点ではすぐれた味だということになっていますが、つるりとするところに、娘の肌ざわりのようなところがありましてなあ、はははは。」

西山は、なかなか面白いことを申します。

「しかし大自然というものは、よく出来たものだ。ついこないだもこの向うの奥千丈で、雨に降り込められて岩穴で暮しているうちに、松茸や初茸から占地《しめじ》などおよそ食べられるものだけで幾種ぐらいあるかと思って、数えてみたら九十七種類程ありました。有難いもんですなあ。それがみな食べられる。」

「そんなにあるかね？」

「占地《しめじ》だけでも、油占地《あぶら》、黄占地《き》、逆占地《さか》、桜占地《さくら》などいろいろとありますわ。」

「食べられないものもたくさんあるだろう。」

「それがまた二十種以上あります。つまり毒茸《どくだけ》がですよ。中でも紅天狗《べにてんぐ》黄天狗《きてんぐ》などは、ころりと命をとられます。それかと思うと、笑い茸なんていうふざけた茸もあります。こいつを食べるとへらへらと笑うからたまらない。医学では笑い茸の中毒症状は神経系に作用する結果だといいますな。」

「面白いね。食べたのを見たことがあるかね？」

「あるかねって、現にこの私が食べさせられて、十日間も、えへらえへら笑っていたからたまりません。」

「どこで？」

「どこでッてねえ。それはずっとこの北の甲武信《こぶし》ヶ岳《たけ》の向う側です。この向うに梓山という部落があります。」

「あすこは長野県だ。」

「そうです。南佐久郡《みなみさくぐん》の川上村《かわかみむら》ですねえ。東から西に五里もあるという広い村だけど、その実人間は数えるほどしかいない。あの千曲川《ちくまがわ》に添って梓山、秋山、居倉《いくら》、大深山《おおみやま》、原《はら》、御《ご》所半《しょはん》ぐらいが部落らしい部落だからたかが知れています。だけどあすこは奥千丈を越せばすぐだから私は山に飽いて佐久美人でも見ようかと思って部落に出てゆきました。」

変な美人でねえ

「ところがね、私の出会ったのは、お話にならない変な美人でね、いやもう止しましょう。」

「南佐久の女は、昔から美人系だというが、実際美しいな。」

西山は急に、手を横に振ります。

「駄目だよ、話しかけて止めるとは罪じゃないか。どんな美人だったね？」

「しょうがねえな。それじゃあ話しましょうか。それがね、それがその、大きな声じゃいわれないが箕づくりの子でね。」

「山窩の娘か？」

「そうですよ、あのね、部落に出ようとして、千曲川の縁《ふち》までゆきますとね、こちら側の川べりに瀬降《せぶり》がありましたので、どういうかと思って、今晩泊らせてくれと頼んでみましたよ。居附《いつき》の山窩ですから、小屋《せぶり》も半永久的なものですよ。」

「何という者の瀬降だったかね？」

「あれ親分ですね？　房蔵っていうんですよ、あれが泊めてくれるというでしょう。」

「ほう。あれならわしも知っとる。前橋の天川町《あまがわちょう》で生れた山窩で、信州の親分になってからまだそんなにながくはない。」

「知ってますねえ？」

「知ってるというても顔を見たことはない。警察には山窩浮浪者の台帳がある。その写しを吾々のところにも備えつけてある。それに載っているから、帳面の上で知ってるだけだ。」

「なるほど。じゃあ、あれにおさのという娘のあることも判っていますか？」

「それは帳面を調べてみないと判らんなあ。女房はさかえというんだ。」

「そうですそうです。へえ、旦那知ってますかねえ。」

西山は、私の顔を穴のあくほど見つめます。

「それで、その娘とどうなったのか？」

「いや、どうにもならんのです。面白半分に宿を借りたところが大失敗でさあ。」

「どうして？」

「どうしてといって、それが大変なんでさあ。私が里を下る時には、必ず山の物を土産《みやげ》に持ってゆきますが、その時も、奥千丈の北側でとった占地を持ってくだりました。占地は香松茸《かおりまつたけ》とか、味占地《あじしめじ》などといわれて、秋の味覚の王座につくしろものですからたいしたもんでしょう。土産としては。」

「占地は上等だよ、癖がなくて、美味《おい》しくて、適度の滑りと、嬉しい歯切れとで、茸類の中では大御所だもんなあ。」

「旦那も、なかなか隅におけないや。だけど占地を知らない者は日本人じゃない。地方によってはカブシメジ――センボンシメジ――ダイコクシメジなどと、いろいろに呼ばれて、恰好もまた少しずつ変っています。中でも茎《くき》の短い大黒《だいこく》占地はシメジ中の高等茸《もの》。それを私はたくさんに取って山をくだりました。そして、あの川端まで下った時に私は、川べりに立って、大きな声で訳の判らぬ歌を歌っているおさのに出会いました。私が側に寄っても歌をやめないし、唄いながら石を拾っては川に投げこんでいる。どうも変だなあと思いながら、側へ寄ってゆきました。十七八の体をしているが顔はまるで子供子供しているのが不思議ですわ。それで姐《ねえ》さん姐さんと声をかけると、ああ恥ずかしいというような恰好で顔を押えて、たたっと走って逃げるじゃないですか。ちょいと嬉しいでしょう。」

「なるほど?」

「それであとを追っかけてゆくと、立ちどまってはにこりと笑い、そしてまた肩をすぼめては飛んでゆく。ついに小屋《せぶり》に這入ったから、そこで初めて、箕づくりの娘だと判りました。それだけに、妙に気をひかれたから、部落に出るのをやめて、宿をさせてくれぬかとたのんだらすぐ引き受けてくれたでしょう。」

「その親たちが引き受けてくれたんだな。」

「その房蔵の女房のさかえがねえ。そこで私が、占地を出して、これは手土産だといって渡しますと、これは結構だ、これはうれしいといって、その晩、さっそく占地を味噌煮にして出してくれました。うまいの何のといったらお話になりません。あの味噌のしずくが、口の中にぱあっとひろがって、いつ知らず口が鳴りますわ。」

「うまそうだね。変な口音《くちおと》をさせるなよ。」

「きみずが出てねえ。」

「それで?」

「そこであなた、食べたも食べたわ、ぺろりと一鍋平《ひとなべたい》らげてしまった。それもですよ、ながいこと米つぶを食べなかったのに、その時お飯《まんま》を出されたので、夢中で食べてしまった。それでです、食べてしまってから気がつくと、まだ食べなかったおさのとさい、かえ母娘《おやこ》の分まで、私と房蔵が二人で食べてしまった。」

「男だけが先に食べたのか?」

「そうですよ。ところが、急に、房蔵がえへらえへら笑い出した。私は赤面しましてね、これはしまった。あんまり生地《きじ》を出しすぎてわるかった。あんまり食い過ぎたので笑われているのだろうと思うと、穴にもはいりたい気持でさあ。と、房蔵が私に、お前さまはほんとに愛嬌のいい人だと申します。すると側からさかえが房蔵に、お前さんこそ何がそんなに嬉しいのか先刻《さつき》からいいかげんえへらえへらと笑っているがと叱ります。」

「ははあ、じゃあ中毒したのかな?」

私がいうと、西山は、

「ところが、私の持って行ったのはたしかに占地ですから、これなら中毒しっこない。それが中毒したのだからおかしい。それにですよ。笑いの中毒にかかるのは、笑い茸以外にはない。笑い茸など私が間違えてとる筈がない。私はいよいよ変だと思いまして、馬鹿な、誰が笑うものかと一生懸命頑張るが、神経作用だからどうすることも出来ない。口が変なぐあいに引きつるし、目尻に皺の寄るのが判ります。私は思わず知らず、これは笑い茸の中毒だぞ、と心の中では泣いているが顔では笑っている。」

「心の中で泣いていても顔の笑いは止まないのかね?」

「泣き笑いですね。そこで房蔵もはじめて中毒したことが判って、道理で、さっき変な茸が交っていると思った。おさの? お前、きのこを鍋に入れたな? と申しました。膝小僧を出して坐っていたおさのはおしのように外を指しました。すると房蔵が、『馬鹿野郎《ぼんくれ》、あれは毒茸じゃないか』といって顔をまっ赤にしたが、それでも笑っているから、どうにも調子が揃わない。驚いている私も笑っているから世話はない。」

「わははは あ──こいつはやり切れん。」

私はころげ廻って笑いました。西山は尚《なお》もつづけます。

「それで房蔵と一緒に外へ出てみると、瀬降《せぶり》の外に冬から積んでおいた藁がすっかり腐れて、それに一ぱい笑い茸が生えていた。それが一本のこらずなくなっている。房蔵が『一本もありゃしねぇ。みんな抜いて食わせやがった』と私におしえます。

この笑い茸は、蓋《かさ》は直径一寸位で暗褐色で中央が特に濃くなっています。襞は、幅広く茎《くき》に附いていて、茎の上下が同じたかさをしているのでよく判ります。

主として、腐藁《くされわら》などに生えますが、これをおさのが、どれほどあったものか知らないが、すっかり引きぬいて占地の鍋に入れたというのだからたまりません。」

「それで、腹工合はどうだ？」

「なに、只《ただ》笑うだけで、下痢一つしやしないけど、どうにも気持がわるくてたまりません。房蔵がいうには『あいつは白痴《ぼんくれ》で、ときどき変なことをやらかすのでたまりません。これも客人に食べて貰おうと思うてしたことだから、どうか許して下さい』と申します。私も、あわよくばあの娘をなどと思った天罰だと思って、なになにといったのですが、いやはやの始末、夜の明けるのを待ちかねて、あたふたと逃げ出したが、十日ほどはどうしても笑いがとまりませんでねえ。」

「それでその娘はどうなった？」

「どうなっていますかなあ。しょっちゅう思い出すが、その時十四だったから、今年は十七ですかかな。最初から変だと思ったらやっぱり馬鹿でした。」

こんな話を西山から聞いているうちに、いよいよ早出《はやで》の月も曲《かね》ヶ岳《たけ》の西に傾いてあたりは真ッ暗くなりました。

山はいよいよ静かになって、肌が冷えびえとして身ぶるいを覚えます。

西山は火が淋しくなったからといって、明るいうちに見ておいた大きな枯木をとりにゆきました。

体の光る魔物

私が火の番をしていると、西山が跫音《あしおと》を忍ばせながら、浮き腰で飛んで来ました。

「旦那、大変だ、物凄い化物がいる。」

と申します。

「こっちを狙っていたらしい。ほれあの向うに。」

と北の方を指します。だが私には何物も見えません。

「あれが見えませんか、あれが。」

私の後に廻って、肩越しに指をさして見せるが、少しも私には見えません。

「どんなものだ?」

「どんなものって、私は見たことがない。体中から光りの出ている化物ですぜ。」

と申します。

「どれぐらいの大きさかね？」

「人間より一まわり大きいです。何でしょう？　私は見たことがない。」

「体中光る物って何だろ？　火の玉のようかね？」

「人間でなければ、熊か大猿があと趾《あし》で立ったほどの大きさですよ。」

「どこにいるんだよ。」

「そんなに疑うなら来て見なさい。ぱあっと、あたりが電気をともしたようだから。」

「何をいうんだ？　きみは怪力乱神を語るのかね？」

「そういうあなたは、相手が怖いのですか？」

西山は喧嘩腰であります。

「喧嘩腰にならんでもいいじゃないか。どこだね？」

西山を先に立てて、しばらくゆくと、右手に赤松の大きなのが七八本、わざわざ植えたように一列に生えていました。そのとっかかりまでゆくと、ほんとうに、一町ほど向うに、ぼうッと人間ほどの光りが照っております。

ちょうど蛍を集めたようにぼうッと光っている。そして蛍ほど継続的ではないが、やはり呼吸するように、ややにぶくなったり強くなったり致します。

て、松の木の幹が完全に照し出されるからかなり強い光りであります。私は声をほそめ
「ほんとうだね。何だろねぇ?」

と申しました。

「人間ですよ。片手を松ノ木にかけて、片手で腰を撫でているじゃないか。」

「そういえばなるほど人間だ、松ノ木にもたせかけている腕も光っているじゃない
か。」

「いよいよ化物が出やがったな。よし、こっちをだますつもりなら、だましてみろ。」

西山は大胆にも、ぐんぐん側へ寄ってゆきます。私は、どうも気持がわるいが、西
山のゆくのに尻込んでもいられないので、思い切って側に寄りました。

だが相手は逃げません。のみか、すうッと両手をさしのべて、西山の側へ向って来
ました。

「女だ。はだかだ——旦那、猫坂の女だあ。」

西山は、だんだんあとにさがって来ました。

「怖いことはない、行け行け。」

西山のお尻を押すが、西山は私を前に出そうとする。

「子をくれ。」

女はぐいと両手をのべて来ました。見るからに丈夫そうな、背の高い女であります。全部《すりかり》の裸体であります。しかも、体から、こうこうと光りを放っているのが奇怪千万であります。しかも西山の顔が、くっきり照し出されたから怖しくなりました。

「旦那？」

西山はいつの間にか、私の後ろにすりぬけていました。私はもう逃げる訳にもゆかない。

「お前さんは、千塚村《ちづかむら》のおそねさんじゃないか。」

私が勇気を出して問いましたが、声がふるえていたのが醜体であります。女は頭《かぶり》を振ります。

「どこの人か？」

私は、女が手を差し出して来るので、やっぱりあとにさがりながら申しました。

「あっち。」

北の方に顔を向けます。

「あっちというてどこだ？」

「あっちだよ。」

すでに変であります。

「あっちというても判らんが、どこの人だ？」

「誰の子だ。」

「やっぱりあっちか？　子をくれというが、誰の子だ。」

「子だよ。女の子をくれえよ。」

「誰の子だ？　お前さんの子か？」

「うん、子をくれえ。」

にやにや笑いながら、手をさしのべて来ます。私はどうも不気味でたまらないので、段々あとにさがります。西山にお尻をぶっつけると、西山がこっそり耳もとで、

「旦那、出臍《でべそ》だ。」

と申します。私はなるほどと頷《うなず》いて、

「連れ出すから、そのつもりでたのむよ。」

と答えました。

「子をほしいか。」

私がいうと、西山が、

「子をやるからついて来い。」

と申しました。すると、女は、

「どこにいる？」

と、西山に飛びつきました。西山のやつ、悲鳴をあげて逃げ出したが、急に思いつ

いたように立ち直って、

「すぐそこだ。」

というと、大きく頷《うなず》いて手を振って西山のあとにつづきます。そのあとに私がついて、つまり女を中にはさんだのであります。

肩のよく張った骨盤の大きな、素晴らしい頑丈な女であります。

私は、おそねじゃあるまいか——とは思うが、それにしては体が光るので、だけど人間かしらと思ったりしながら、どうしても駐在まで連れ出して調べねば気が納まらなくなったのであります。

もしも人間でなかったら、どんなことになるのであろう？　それを思うと、自分たちが騒ぎの中心になるだけでも、苦労のし甲斐があると決心したのであります。

私はこの時平服《へいふく》を着て草鞋《わらじ》を穿《は》いていたので、女から巡査と思われる心配もなかったので大変好都合であったのですが、懐《ふところ》から捕縄《とりなわ》を出して、不意に後ろから縛ろうと考えたのであります。

果して人間であったか

こっそり縄を握りはしたものの、こうして素直に欺されている者をと思うと、縄をかけるのも何となく心もとなくて、しばらくは黙々とあとにつづいたのであります。

西山は山道に明るいので、吾々が火を焚いていた場所を避けて、近道を近道をと歩いて、清川村《きよかわむら》のまん中をただ一本走っている村道の方へぐんぐん誘ってゆきます。

それを行っても、芦沢《あしざわ》の部落までは一里の上もあるのだが、芦沢までいそいで出ようとしている計画は、いいこそしないが私にはよく判ります。

ついに芦沢に近づいて来ました。

と、突然、女が、くるりと向き直って、私を突きとばすようにして、急に来た道にあと戻りをはじめました。

「子供はいらないのか。」

二人が口を揃えていうと、女は、口に両手の拇指《おやゆび》を入れて目尻と口をつまみ寄せて、あかちょこべえをして、すたこら逃げ出したのであります。

「おい駄目だ追っかけよう。」

二人は夢中に追いかけたが、相手の速度の早さといったら、吾々の比でありません。

「何くそ。」

と、石に蹴つまずいたり辷ったりしながら、無茶苦茶に追いかけていると、幸運なことがおこりました。女が木の根に足をかけてばったり倒れたのであります。

それをいそいで取り押えると、ほんとに喰いついたり引っ掻いたり、それでも二人がかりですから、ようやく押えつけたのであります。

さて縛ってから気がつくと、今まで明るかった女の光りが、ぱったり消えてしまいました。

「判った。これだな。」

西山は蛍を踏みつぶした時のように、ぴかぴかと地面で光っているものを取りあげて叫びました。

「なあんだ、これは月夜茸《つきよだけ》じゃないか。こんなものを体に塗っていたとは知らなかった。ほらね、なすりつけると誰でも光るじゃないですか。」

と私の着物になすりつけるとやっぱり光る。そういえば揉み合う時に附いた所がかすかながらぴかぴか光っています。

「こんなに光る茸があるとは知らなかった。」

私はいささか驚いた次第であります。

「こいつですよ、山の幽霊火《び》というやつは、やっぱり秋でないと出ませんけど、こいつは橅《ぶな》の腐れたのによく生えるので、椎茸と間ちがえてよく中毒する人があるんですよ。それにヒラタケやムキタケにもよく似ているでしょう。だから間ちがわないためには、暗闇にもって来て蛍のように光らせてみるのが一番早い。光ったら月夜茸だと聞いてはいたんですが、まさかこんなものを塗っていようとは思いませんから。」

西山は申します、私は驚きの連続でありました。

「そういえば少し臭いじゃないか。」

「やっぱり燐《りん》のような匂いがするでしょう。こいつを食べると、とてもひどい下痢をする上に、いとも憂鬱になるそうです。そして段々に心臓が弱って、火の消えるようにずうッとこの世から消えてゆくそうです。」

西山は、手を着物になすりながら申します。

「どうしてこんなものを塗っているのかねえ？　こんなことをするところは、まさか、さっきの話の、山窩の娘のおさのじゃあるまいね？」

私が申しますと、

西山も、

「おい、お前さんは、あの房蔵さんの娘じゃあるまいねぇ？」

と云いました。が、女は黙っています。

「何でもいい、ともかく下までおりよう。」

私はそう云ってすぐ下の芦沢まで下って、そこで農家をたたきおこして、ここで野《の》袢纏《ばんてん》を一枚借り受けて、これを裸の女に着せて駐在所まで連れて戻ったのが夜明け前の四時でありました。

しかし、そのままでもおけないので、家内に湯を沸かせて、行水をさせてから、西山に、

「どうだね？　おさのでなければ、おそねじゃないか！」

といったが、西山は、

「ちがいますねぇ。」

と首をかしげます。そこで私が、

「お前の名は何というのか？　どこで生れたんだ？」

と聞いてみましたが、さらに答えません。ちゃんと家内の着物を着せてみると、なかなかの別嬪《べっぴん》ですからさっそく使いを出して千塚村の時三郎を呼び寄せて、

「吾々では判らん。五年も山にいたんだから、すっかり変ったのかもしれないから。」

といって見せましたが、時三郎は、

「おそねじゃありません。おそねには、脇の下に一銭銅貨大の痣《あざ》がありましたし、それに顔が全然ちがいます。」

というので、ついに駄目になりました。だが時三郎は、

「これがおそねなら。」

と泣くのには弱りました。駐在巡査も世話の焼けるものです。

そこで手の施しようがないので、甲府の警察に連れて行って保護を加えよう。それにしても今日は都合がわるいからというので、その日は駐在所の事務室を保護室代りにして、入れておきました。すると、いつ、どういう風に出たのか、お昼過ぎに、風

のように消えてしまいました。

さあ大変だというので、八方手をつくしたが、ついに見えなくて、未だに未発見の儘になっております。念のためにと思って、箕《み》づくり房蔵を長野県の方に依頼して調べてもらったが、これももういなかったので、その娘のおさのやら、それとも全然別人やら、さらに解決がついていません。大正三年のことですが、実際、山の神秘というものは量り知れないものがあります。しかし私は箕《み》作《づく》り房蔵の娘のおさのにちがいないような気が今でもしているのですけど。

私の瀬降初探訪

私が山窩というものの存在を知り、はじめてその瀬降（セブリ）を訪れたのは昭和七年、私が三十歳の夏であった。当時、朝日新聞の社会部記者であった私は、新聞のつづきものに書いてみたいと思って、デスクに相談したところ、ニべもなく一蹴された。

「そんな、危険な原始人に会いに行って、万一のことがあったらどうする？」

というのが、その理由であった。

しかし、そう言われれば言われるほど、私の若い冒険心は、この謎の一族に接着したい欲望をかきたてられた。どうしても断念することができず、社用で調査することが出来なければ、いっそ私費で勉強のためにやってみよう、と決心した。

そこで社でもらった夏のボーナスをその費用にあて、暑中休暇を利用して瀬降探訪

への初旅に出かけたのである。そのとき、朝日新聞社のデスクは、

「勝手にゆくものを止めはしないが、ゆくなら警視庁に話して、ピストルぐらいもってゆけ」

と忠告してくれたが、私は護身用のものはなにも持たなかった。

服装は、当時流行の三ツぞろい薄鼠色のセビロに同じ色あいのハンチング姿だったが、これは失敗であった。（そういう恰好は、彼らとはまるきり性が合わないことをすぐ悟って、私はその次の訪問からは、野ばんてんに地下足袋《たび》、巻脚絆《まききやはん》といういでたちに変えた。）

手にもった小さな手さげカバンには、簡単な日用品と薬用品と着がえ少々、それにかねて調査の瀬降のメモや筆記具をいれ、そのほかに、当時の陸軍参謀本部から発行されていた二十万分の一と五万分の一の地図、これは何より大切にもって行った。私をその後、全国の瀬降行脚に案内してくれた貴重な地図である。（私の足跡を詳細に描きのこしたこの地図は今も私の手許に保存してある。）

その日、昭和七年八月五日は、たいへんに暑かった。板橋の家を出て、池袋まで出かけてはみたものの、あまり暑いので中止しようかと思ったほどである。しかし、折角のチャンスだから、予定どおり多摩川べりの溝の口へ向かって出発した。そこには、かねて山窩通の大塚大索という警視庁の刑事から教えられていた山窩溝亀《どぶがめ》（溝口亀

吉）の瀬降があった。

小田急の某駅で下車。相模丘陵が多摩川にすべりこんでいる、その多摩川を渡って、丘陵を上りかけると、川崎市に注いでいる上水にゆきあたった。上水といっても、普通の野川である。これを渡って少しのぼると、雑木林に道が吸いこまれていた。ほどなく、小さな神社についた。スサノオの命《みこと》をまつっている無格社である。境内の木《こ》の間《ま》をすかしてみると、そこから五、六十メートル離れた松山の崖下に、はじめて見る瀬降をとらえることができた。

（あれが、大塚さんから聞いていた問題の瀬降だ！）

一眼みてそう思い、私は背のびをして木《こ》の間《ま》すかしにのぞいてみたが、どうしても近よる気にはなれない。なんといって、最初の口をきったらいいのか、それがわからない。

私は、林の中でいろいろ作戦を考えたが、なかなかいい知恵がうかばない。とにかく、神社におまいりをしてから……と思って、私は拝殿の軒下にのぼっていった。

トタンに、ギョッとして緊張した。

私がかしわ手を打とうとしたとき、その目の前に、ものすごい怪物が、大の字になって寝ていたのである。赤いフンドシに赤い毛糸の腹巻きをしている。あとは、素っぱだかである。顔全体に、人差しゆびで入念に押しつけた跡のような、また熊蜂の窩《あな》のような凹《くぼ》みがある。髪の毛は赤茶けて逆《さか》だっている。人間にはちがいないが、それは画にある風神と雷神をごっちゃにしたような怪物である。垢《あか》と汗と脂《あぶら》でピカピカに光っているセピヤ色になった枕をして、それこそ、雷のごとき大いびきで、その怪物は昼寝をしているのである。枕から発光している幽玄の微光は、この世の色とは思えない。

しかし、この怪物は、拝殿に寝ているとはいえ、神殿につづく階段を正面にして、ずっと左後方に、正面をさけて寝ていた。私は、不意にかしわ手を打って、怪物の眼をさまさせてはわるいと思って、ただ合掌礼拝するだけにして、いつでも逃げられる姿勢で、拝殿に腰をかけた。

それから、汗をぬぐいにかかったが、さすがに境内は涼しかった。汗をふきながらも、私はその怪物から視線をはずさないで、つくづくとその寝顔に見入っていた。顔のぶつぶつは、強烈な天然痘のあとである。それにもまして、赤い腹がけが面白い。顔の蜂の巣みたいな顔に突き出している鼻が猛烈に大きい。二つの眉《まゆ》がぴりっと逆の八の字になっている。赤い褌にくるまっている睾丸は、相当量のユウブツであるらしく、大量のふくらみである。足の裏は、南洋の土着民のように皮があつい。人間であることは判っているが、これが、向こうの瀬降の主《あるじ》だとは判らなかった。私のもっているメモ（大塚刑事からの聞書き）には、天然痘のことは、なにも書かれていなかったから。

私は、向こうに見える瀬降と、あばた面の雷さまを交互に見ていた。瀬降は、山すその崖下に、奥深げに、周囲と微妙な調和をとってかけてある。そして瀬降からは、一条の白煙が、うえの山の線までゆらゆらとたちのぼっていた。

その煙の下の方から、カン高い女の声が、とぎれとぎれに聞こえてくる。見ていると、チラリチラリと上半身裸体で、短い腰巻をした女が動いている。声の主がその裸女であることも間違いない。色が白く、長い髪の毛を背にたらしている。

私は、地図とメモを取り出して、この地点をたしかめにかかった。

すると、今まで眠っていた怪物は、予期しないチン入者の気配を感じてか、犬が物の気《け》に気づいた時のように、すばやく起きなおった。そして巨大な鼻をうごめかしながら、

「あなたは、何しに来たんですか、ソクリョウですか?」

といって、私に近よってきた。私が陸軍参謀本部の地図をひろげていたので、彼が私を測量屋と勘ちがいしてくれたのである。

私は、この一言を浴びせられた瞬間に、

(これだな、溝亀《どぶかめ》は——)と直感した。そして(これはありがたい)と思った。

「暑いですね、測量じゃないんですが、神社から神社へゆく道を調べているんです」

私は、いうともなく、自然にそういってしまった。すると彼は、汗と脂でテカテカ光っている枕を、左のわきに抱えこんで、私にのしかかってきた。

「それなら、わしが教えましょう」

といって地図をのぞきこみ、毛むくじゃらの太い右手を出したのである。

「ここが、この神社です」

私が地図の地点をさし示すと、彼はうなずいて、ちょっと地図に見入っていたが、

「それなら、ここが府中のオクニダマ、それからここが五日市の——」

といいながら、神社から神社への個所をおさえていう。それだけではない。そこまでの通路や間道を一気にしゃべりはじめた。たちまち百十一の神社の名称を数えあげ、それへ通ずる道を説明するのである。それは、多摩川べりのその神社から、川筋にそってのぼり、富士の浅間神社までのわずかの間のことだが、その中で数えあげた神社の中には、二《ふ》た岐《また》のわかれ道の角にまつってある名もない道祖神まで残さないのである。それればかりではない。神社の説明から社殿のつくり方までみな知っている。神社の由緒の解説までつけくわえる。もちろん、その間の道路の説明もいれて、あの宮からあの神社までの間に、どんな地形の道があるとか、それをどう行けば何里あるが、こう行けばずっと近くて、何十分でゆけますとか、しかし途中に小川があって、橋がないからそのつもりで、こういうところの浅瀬を渡るといい。あそこには、昔は橋が

あったんだが、それはこういうわけで、今はない——といった調子である。

その記憶の深さと正確さに、私はまったく感服させられた。まるで、口伝《くでん》の風土記《ふどき》である。それだけに、私はいよいよ困った。こんなに親切に教えられては、義理にも次の神社へ向かって歩かねばなるまい。

「なるほど、なるほど……」

と相づちを打ちつづけてはいられない。私の目的は、瀬降の探訪であり、あとでこの辺の所轄署にもたちよって、話を聞く予定である。もう、ながい時間をつぶされて、真夏の太陽は、すでに丘陵の西にかたむき、神社の境内は小暗くかげってきた。

私は、ここで腹痛をおぼえてきた。さっきから腹をおさえて、じいっと耐えていたのだ。

「どうしました？　腹がいたいんですか」

親切な怪物が、見かねて私に聞いた。

「ゆうべ、枝豆をたべながら、ビールを飲みすぎて、それにやられたらしい」

私の声は、自分ながら痛そうであった。

「それァ、いけねえ」

雷さまは、私の顔を、そういってのぞきこんだ。

「薬をのみたい、水が欲しいんだが——」

と、私は訴えた。

「おお、水」

彼は、そういって、枕を右手でくるくる廻しながら、瀬降に向かって走っていった。私はすかさず、それを追っかけて、わけなく、瀬降にはいることに成功した。

お腹《なか》が痛かったのではない。瀬降に接着したい一心からの腹痛作戦であったのだ。

「水だ、水だ――」

の声に驚いて、裸の女は、瀬降の中にかくれてしまった。この女のほかに、十七、八歳の男の子がいたが、これも、ガケに寄せかけてあった、瀬降には不似合いな新品の自転車を押して、どこか山かげにかくれてしまった。

この男の子は、この雷公溝口亀吉の貰い子で、捕ってきた川魚を、川崎から横浜あたりまで売りにゆくので、そのために新しく買いいれた自転車であるということであった。

私は、水をもらって健胃剤をのみながら、瀬降をひそかに観察した。

裸の女は溝亀の女房お雪であった。かの女はある事情で急に失明し、眼が見えないのである。しかし、誰か来た異状な空気を察知して、いち早く姿をかくしたのである。かくれるといっても、せまい瀬降の中だから、切炉の向こうの山かべに向かって後向きに坐っているだけで、顔を見せないが背中は丸見えである。じいっと耳をすまして、表の模様を聞いているのだ。その肩から背中の肌の美しさは名前のように雪白で独特のものである。私はその背後の切炉をみた。

瀬降入口の正面に切ってあるその切炉は、ワクのない、いきなり地面に掘ったままである。その炉の上には天人《てんじん》という自在鉤《じざいかぎ》を傾斜に立てた一本棒を吊りさげ、六分目の力場に細引をむすび、その先に引っかけ自在の木かぎがさげてある。この鍋吊りが山窩の掟にきめられている生活必需品である。この天人をたてているかいないかで、本物の山窩であるかないかがわかるのである。この木かぎにはヤカンをかけてあって、真夏なのに火を焚いて湯をわかしていた。

どういうわけで、こんな真正面の入口に、炉をきるのであるかというと、これは外を警戒するためと、瀬降の中を広く使用するためである。この正面切りのはじまりは、山窩から出た彦根藩の隠密伊賀万蔵の瀬降だという。万蔵は、彦根藩に徒士衆《かちしゅう》で抱えられた尾張の箕づくりである。二代まで伊賀を名乗り、三代以後は国見《くにみ》の姓を名乗っている。この子孫は現存している。

伊賀の国見山をはじめ、鈴鹿峠にかけて、物見《ものみ》のものが瀬降を張っていたのは、徳川時代よりずっと前からである。こうした物見《ものみ》の瀬降では、炉を瀬降の奥深く切っていると、つい警戒がおろそかになる。それで入口に切って、いつでも外を見張っていられるようにした。この見張り熱心の万蔵は、藁《わら》人形に着物をきせて、この入口の炉ばたに坐らせ、常に瀬降に人がいるがごとく見せかけたりして、物見を怠らなかった。戦国時代の必然的要求だ。この怠惰を戒めたところを、丹波の大親分、すなわち山窩の総元締である丹波道宗が、いたく推奨して、これを全瀬降にヤエガキ（掟）として用いさせるようになったのである——と、彼らは伝承している。

さて話は横道にそれたが、私はそれら天人《てんじん》や切炉を念をいれて観察し、水をくれた時の竹徳利や竹製の椀も見た。話には聞いていたが、はじめて見る、珍しい容器であった。私はさらに、彼らのシンボルである山刃《うめがい》を目でさがした。すると、裸のお雪が坐っている頭の上の、やや左手の屋根裏に、それをさしてあるのが目についた。しかも二本あって、一本は十五センチぐらい、一本は十センチぐらいの、いずれも両刃《もろは》の山刃《うめがい》で、かねて大塚刑事から聞いていた通り、アメノムラクモの剣と同型である。みじかい方は、よほど古くて錬《ね》りのよいものらしく、屋根裏でピカリと光っていた。

私はこうして初めて的確な瀬降を見ることができた。そのいとなみは、ぴったり彼らのハタムラ（掟）にしたがった様式であった。この時はついにお雪とは話をかわさないし（二度目からは親しくなって、いろいろの数奇な話を聞くことができた）溝亀とも、水をくれた礼をいう程度で、あまり話をしなかったが、私は満足して、初見参の瀬降に別れをつげた。

私はその足で、この辺を管轄している県道すじの溝ノ口警察にたちよった。警察では、この雷公のことをよく知っていた。しかし、それは生活ぶりを知っているだけで、それが山窩だということは知っていなかった。

「あの男は魚捕りですよ。主として用水と、多摩川を漁場にしています。あの男が用水に入ると、用水の魚がたちまちいなくなりますね。それくらい魚捕りが上手です。川に入ったきり、ぜんぜん上がって来ないで、ずうっと川崎まで下ってゆきます。そして、捕った魚を処分して、はじめて陸《おか》を歩いてもどって来ます。おもに鰻《うなぎ》をとるようですね。……悴《せがれ》は、あれは貰い子ですけど、よく仕込んだもので、あれもなかなか名人です。あれは捕りためた奴《やつ》を、ザルに生かしておいて、不時の注文に応じて売っているようですが、近ごろはすばらしい自転車を買ったりして、なかなか景気がいいようですね。公有地に住んでいて、税金が一銭もかかるわけじゃなし、のこる一方ですよ、ハハハ……」

そんなことを、年とった巡査がよく話してくれた。

「わるいことをしませんか」

私がそうたずねると、

「そう、前科があるそうですけど、今ではそんなカゲもなく、真面目ですよ。——ところが、面白いことがあります……」

その巡査は、話ずきらしく、冷めたお茶をすすめながら、そう前おきして、

「ときどき、恐ろしく遠方から、大ぜいであの男をたずねてくることがありましてね。夜どおし、野天でかがり火をたいて、酒もりをして、帰ってゆきます。ちょっと変わってますな。それで、一度聞いてみたところ、自分は若いとき、日本中を魚を捕って歩いていたので、そのころの仲間が、見物がてらに、こちらにやって来るんです、といってました。そういえば、あの男は、日本中の川の名をたいてい知ってますよ。……へえ? 川ばかりでなく、神社のことも、くわしいんですかねェ。面白い男ですなァ」

と、気さくに私に話してくれた。

私が礼をいって別れようとしたら、その警官がまた、

「あ、こんなこともありましたよ。一度、あの土地の墓地の改葬問題が起きたときに、あの男が、おそろしい血相で警察にどなりこんで来ましてね、先祖様の墓地に、子孫のものが手をつけて、勝手なことをしてはいけない、というんですよ。ほかには反対の理由がないんです。いうことが変わってましたから、覚えていますが……」

と、つけ加えた。

私には、そのどこからともなく、仲間が集まって来て、野天の宴会（ふくろあらい）をすることや、墓地改葬の反対などに、非常に興味があり、また大へん参考にな

った。

私は、警察を出て、第二の瀬降場を目ざした。大塚刑事から聞いた私のメモによると、富士の裾野の北山に、国見のタッパチという箕づくりの瀬降があることになっている。

その夜は小田原の宿屋に泊り、翌朝宿で弁当をつくってもらい、御殿場廻りの汽車に乗った。そして今の富士宮市である大宮で汽車を下りて、駿州中道往還をとぼとぼと登っていった。

真夏の往還は、富士登山者の群れで大にぎわいであった。五、六キロ歩いて、右に本門寺を拝んで左に往還をはずれた。ここから細い山道になる。天気がよすぎて、私の夏服は汗でびっしょりぬれていた。四キロほど行ったところで芝川にゆきあたった。この川は、そこから十キロほど奥の上井出村の人穴付近から、白糸村にかけて流れはじまっている富士川の支流である。この川筋づたいに歩いてゆけば、かならず瀬降に出あうことを信じていた。やがて、上条部落が点々と描かれている画面の中に歩みこんでいった。

川ばたのイタドリのかげに腰をすえ、肌に風をいれていると、すぐ向こう岸の上手《かみて》で、ぼさぼさと藪音がした。気をつけてそちらを見ると、一人の男が藤づるを切って、まきついている木から引きはなしているところであった。私は、足数で十五、六歩かみ手に登ってゆき、川をはさんで声をかけた。

「もしもし、この附近に、箕づくりのタッパチさんの瀬降りがあるはずだが、知りませんか」

とたずねた。相手は、盲縞《めくらじま》のはんてんに、黒いひざまでの股引《ももひき》をはいていた。

「オイラが辰八だが、何か……」

それが私のたずねるタッパチであった。

早速タッパチの瀬降に案内され、女房《きやはん》や娘《つる》に引き合わされた話は、またの機会に譲る。

山窩の隠語

「瀬降」と「世振」

前作について、いろんな人から手紙をもらった。

東京の検事さんからは鄭重な感状まで貰った。読者からの書信によると、山窩《さんか》は、生活の凄絶なことよりも、隠語に詩味をもっているので親しみが湧く、とある。

こういう手紙は著者にとってはうれしい。ところが、オール読物の読者だという人で山窩になりたいという人のあるのには閉口している。

一人は静岡、もう一人は下谷方面の、いずれも青年だが、この二人は手紙が電話になり、ついには私の家に押しかけて来た。そして、

「自分は山窩の隠語も覚えてしまったし、山にも十分自信がある。それに瀬降《せぶり》のあるという山には大抵行って来た。そんな訳でどうしても山窩になりたいから、山窩の親分に紹介してくれ。」といって容易に動かなかった。

ようやくなだめて帰しはしたものの、いまだに手紙を寄越している。実に困ったものだ。話は別だが、大久保作次郎画伯の話に依ると、ある画家のグルッペでは、「さあ瀬降ろうぜ。」という言葉を流行させているとのことだ。「さあ寝ようぜ。」という意味だ。

これなどは、「瀬降」という語をもっとも適切に理解している方である。「セブリ」ということは、「眠り」、即ち「寝る」ということだ。その「眠り」が転じて、彼等の寝る家を「セブリ」というようになった。語源は「臥《ふせ》る」を逆にしたものである。

大阪の仙石という老人の書信によると、「自分はセブリを『世振』と書く。」とあるが、文字のないセブリを漢字で現すのだからこれでも差し支えないと思う。

まして凄絶模糊としている彼らの態様を示す場合には、山窩の世振は——と書いたら相当感じが出ていいと思う。

しかし「セブリ」はあくまで安息所とか、寝小屋とか、寝ることとの意であるから「眠り」を忘れては隠語の意義を失う。彼らは、熟睡中のことを「セブリが深い」というし、枕頭《まくらもと》のことを「セブリもと」とさえいう。この点から考えても、意味は自ずから明白である。

そのセブリに「瀬降」の二字を私があてはめたのは、甲州系山窩の発音に起因している。

甲州系の山窩は、セボリと発音する。訳を聞いたら「丘陵《おか》の背中に窩を掘って眠《せぶ》るからセボリだ」といった。

私はまことに理があると思ったので、しばらく「背掘《せぼり》」と書いてみた。しかしどうしても感じがにじみ出て来ない。そこで島田という山窩通の老人等について大いに研究した。

雨か飛沫か

その結果、彼らの隠語の中に「セニフル」という極めて秘密な言葉のあることを発見した。

セニフル＝即ち瀬に降るであって、瀬に降る雨みたいに、雨とも飛沫とも判らぬように模糊として、敏捷に行動することだ。この行動は団体的な特殊な行動である。

それにこの語源もよほど古く、九百年以前からのものであった。これが判って以来、私は背掘を「瀬降」に改めた。

次は「山刃《うめがい》」のことだが、これは、「埋めごと」から起った言葉のように思われる。

元来、山窩は、この「ウメガイ」を他人に見られることを禁忌《タブー》としている。形が草《くさ》薙《なぎ》の神剣に似ていて、凄絶な響きを与えるからでもあるが、その反面では、このウメガイでときどき悪いことをする。そして警戒網を難なく潜《くぐ》るために、海岸や川端にそッと「埋め」てゆく。そして警戒が薄弱となった頃を見計らって掘りあげる。

その掘りにゆくとき「刃物掘り」ともいえないので「貝掘りにゆく」という。「埋めた貝」即ちウメガイであり、行為が、刃物の名になったのである。

これを「ウメアイ」という人がある。それは誤《あやま》りだ。私も最初はウメアイだとばかり思っていた。それはガとアの聞きちがいだった。

これにももちろん文字がないので、山刃《うめがい》と勝手に当て字を書いている。最初は、山刀としてみた。ところがその実物は双刃《もろは》である。そこで「山刃」としてみた。持っている連中が山窩だから、山と刃を組み合せて「山刃」とした訳だ。

こんな風に、文字のない彼らの隠語を整理しあげたら、ちょっと面白い辞典が出来ると思って、暇をみては整理しているが、完成するのはいつのことやら見当もつかない。

春陽堂の浅見氏の調べによると、前篇「瀬降と山刃」の中には、約百種の隠語がはいっているそうである。それらは、書くときに、すべて難解でないものをと、十分注意しながら使ったのだから、百種といっても判り易いものばかりだ。そしてこの百種は、手もとにあるノートのほんの一部分を使用したに過ぎない。

ノートには、ざっと七百何十種たまっている。

それでいて完成ではない。だからこの上、九州、中国、近畿、山陰、山陽、北陸、関東等に亘る、小親分配下の、地方固有の隠語まで手をつけたら、どれだけあるものか判らない。

前にいった「セニフル」などは、わずかこの一語を知るまでに六年もかかっている。それほどに、彼らの、隠語の扉は固く閉されているのだ。

ここでは、従来、書いて来た隠語の中で、比較的みんなに親しまれてきたもので、まだ解説をしなかった二三を紹介する。

キャハン＝山窩《は》が朝晩口にする女房のことだ。山野を霧のように飄々《ひょうひょう》として跋渉する彼らは、足に穿く脚絆を非常に大切にする。同様に女房を可愛がる。どちらも足纏いではあるが、なくてはならぬというところから、女房と脚絆が同じ名称になっているのだ。

バゴシ＝主として団隊移動のことだ。多摩川あたりから沼津近くの狩野川縁《べり》あたりまで移動することは珍しくないが、こんなときは必ず前にいった「セニフル」の命令に随って、七《なな》ツの「規則《ハタムラ》」を厳格に守って敏活に移動する。この場合こそ、キャハンの意義はいみじく痛切なのだ。

判らぬ語源

この場越しの「規則《ハタムラ》」の一つに「トッポ」というのがある。これは、トッポイと訛って、一般にも使われているように、緩慢と痴鈍とを、厳重に戒めたものだ。

カケマク＝山窩の精悍さを如実に物語る隠語の一つで、「かけまくも」——である、場越しも急迫の場合でないと、この「カケマク」には移らないが、いったんこの号令がかかると、生殺与奪の権をもった親分でも、自分の荷物を背負ってゆかねばならない。「かけまく親分《やぞう》さんでさえ——」という、大和言葉《やまとことば》の敬意から来ている。

ナガレ＝間道のことだ。一名「水筋《みずすじ》」ともいって、野山を斜めにゆく彼らは、常人の想像もゆるさぬ秘密のコースをもっている。それが流れである。水が意外なところを潜《もぐ》り流れているところから来ている。

ナデシ＝私は撫師《なでし》と書くが、これがほんとうの山窩の自称なのだ。彼らに、「きみはサンカか？」などといっても通じない。ナデシといわねば判らないのだ。

語源は判然しないが、戸《と》切《ぎり》、焼切《やきぎり》などどする場合、闇夜に手さぐりで施錠の個所を撫で探るからではあるまいか。

ところで山窩という語源だが、これが判らない。長野県あたりでは、東京の不良狩りに匹敵するものとして、山窩浮浪狩りというのをやる。その検察項目に山窩の文字のあるところから考えて、この支那流の「山の窩《あな》」は検察方面の学者の命名ではあるまいか？　とも思っている。

以上二つについて御存知の方があったらおしえていただきたい。

山窩の天文事象に関する隠語を二《ふた》ッ三《み》ッ。

テント＝真夜中のこと。

ツユ＝夜明けのことだ。「天幕《てんと》から露《つゆ》――」などとよく使っている。


傀儡の隠語？


これが、傀儡《くぐつ》の言葉《ことば》だと大分違う。くぐつの真夜中は（さぐり）で、夜明けは（ちりも）という。

学者の中には、傀儡と山窩を混同視している人が多いが、誤まりである。はっきりちがった点は、太陽の呼び方である。傀儡は「お菊様」といい、山窩は「笠」という。こんな点が、民族血統の違いを明瞭に物語っている。

おもしろいのは、現今の犯罪者や刑事連が、火事のことを「赤」というが、山窩は昔から、「赤馬が飛んでいる」といっている。それを傀儡は、「赤猫が泣いている」といっている。思うに、現今の赤は、赤猫赤馬の転訛であろう。

このように、山窩語が一般の犯罪用語になってしまったものが大分ある。博徒のつかっている「親分《やぞう》」などもその一つだ。

また、山窩が明治初年につくった「ダイジンノフダクバリ」という隠語は、贋造紙幣行使犯人の代名詞になってしまった。近頃の市内にもそのダイジンのフダクバリが盛んに出没している。明治初年の太政官発行の紙幣で、それが大神宮のお札によく似ていたので、そういったのだが、その偽札《にせさつ》犯人戸谷《とや》某は、新宿南町に瀬降っていた山窩親分の、「四谷の常次郎」に捕えられて、諜者に引き渡されてしまった。

常次郎の乾児《こぶん》で、弥太《やた》という者が、護王法印の護符配りをしていたために、偽札使いの嫌疑を受けたので、憤慨した常次郎がその偽物を捕えて、それのことを、とくに「ダイジンノフダクバリ」と呼んで、自分たちとの混同を防いだ。それがこの隠語の始まりである。

この稿は、去る昭和十二年四月十二日の東京朝日新聞に発表したものを、補筆訂正して序文に代えたのだが、この短い一文の発表によって、いろんな方面から懇切な書信に接した。中でも喜田貞吉博士などは、「山窩名義に関する件」というながい一文を寄せられ、研究に拍車をかけて下さった。博士を始め、各位に厚くお礼を申し上げる次第である。

（昭和十二年七月六日）

山窩《さんか》ことば集

あかいぬ（火事）
あかうま（火事）
あかりいれ（訊問）
あまり（男）
あやめる（殺す）
あわず（女）
いきいき（愉快・痛快）
いた（酒）
いちびく（総領）

うたうたい（おっちょこちょい）
うめがい（山窩独特の刃物）
おいち（婿《むこ》）
おいも（男）
おおのり（大疾駆・大逃亡）
おかるさん（剽軽《ひょうきん》）
おしゃか（裸体）
おたんちん（チップ・心付け）
おち（判決）
おでえ（お前）

おどり（間違い）
おどる（狼狽《ろうばい》する・失敗する）
おばさん（犬）
おまる（お尻）
おめん（顔）
おめんならべ（人別《にんべつ》調べ）
おもや（警察）
おやどり（夜明け）
おらべ（呼べ）
おろくじ（死骸・死ぬこと）

かか（母）
かけ（嫌疑）
かけまく（大疾駆・火急）
かぐら（強盗）
かしま（邪恋）
かぜっぴき（卑怯者）

がっくりする（合点する）
がんきねえ（不承知・残念）

きかせ（訓示）
きくらげ（耳）
きたかぜ（刑事）
きゃはん（女房）
きゃはんをまく（女房を娶《めと》る）

ぐちうまる（しゃべる）
くびだし（自首）

こてかみ（制裁）
ことすじ（理由・訳・意味）

さいぎょう（密報・諜報・連絡）
さかり（現行犯）

さんま（巡査）
しおつぶ（星）
しおびき（たそがれ）
したくれ（叱る）
すぐりもの（代表者）
すずめ（偵察・斥候）
せぶらせる（眠らせる・殺す）
せぶり（瀬降《せぶり》――山窩の住居《すまい》）
せぶる（小屋へ入る・眠る）
たから（百姓）
たれこみ（密告）
たんか（文句をいう・挨拶する・訴願する）

ちゃずき（結婚・男女関係を結ぶ）
ちゃりふり（遊芸人）
つながり（手下・身内）
つなぎ（手下・身内・挨拶）
つる（娘）
つるみ（夫婦）
てんじんぼう（梅干）
てんと（真夜中）
とっぽい（賢い・すばやい）
どてら（放免）
とと（父）
どめごと（葬式）
どめる（埋める）

とばっちり（博徒）
とんがり（峠・峰・頭）
ながれ（手下・輩下・仲間）
なでこて（坊主・禿げ頭）
なま（現金のこと）
にく（美人・女）
にくい（可愛い・美しい）
のび（泥棒）
ばごし（移動）
はたむら（掟・約束）
ばたり（剽盗《ひょうとう》）
はらこ（生《き》っ粋《すい》）

…………

びく（子供・赤ン坊）
ひさまつ（手引・案内する）
ひで（男・亭主）
ひでんぼう（亭主）
ふきまくり（検挙）
ふくろあらい（酒宴《さかもり》・宴会）
ふける（逃げる）
ふんばり（辻淫売）
ほき（崖）
ほけなす（嘘・誤魔化《ごまか》す）
ぼっけぼうず（握り飯）
ぼんくれ（馬鹿・馬鹿野郎）
まくる（切る）
まつば（二人組の悪事の見張り）

みあまり（光栄）

むかで（汽車）

むす（秘密・内証ごと）

むどうぎい（可哀そう・気の毒）

めんかち（交際《つきあい》）

やぞう（親分）

やなぎむし（機嫌がいい・安心・幸福）

やばい（危ない・怖い）

やまみ（偵察・さぐる）

ゆきっぷり（行動）

よせ（嫌疑）

よせば（監獄・留置場）

わきあがり（おっちょこちょい）

わたしば（警察）

わっぱ（下劣）

●解説

三角寛とサンカたちのその後

佐伯 修

一

山野に野営し、あるいはスラム、木賃宿を転々とするなどして、戸籍や住民登録といった、近代社会の制度外で移動生活を営んだ、「サンカ」を小説でとりあげた最初は、私の知る限り田山花袋「帰国」（一九一七年、文泉堂書店版『田山花袋全集』第七巻所収）である。花袋は、これを旧友・柳田國男の談話をもとに書いたという。作品の主役である「かれ等」は、農村を巡回しながら「ささらや椀の木地や蜂の巣など」を売り歩き、困窮すると、物乞いやこそ泥のようなこともした、とある。また常に「鋸《のこぎり》、鉈《なた》、鉋《かんな》、小刀、小鋏《ばさみ》」などの工具＝刃物を携えていたが、それらは普通の里のものより小さく、「屈折自由な、それでいて切味の非常に鋭利なもの」であったともいう。

そんな「かれ等」のことを、里人は「山窩奴《め》」と蔑んだが、見馴れて怪しむこともなかった。一方で「生活や故郷などを根掘り葉掘り聞」かれても、「かれ等」は「唯《ただ》薄気味悪く笑ってばかり」で「滅多《めった》にその生活や故郷や祖先を語らなかった」という。その結果、里人には、「かれ等」への次のような共通認識ができ上がっていった。

「あいつ等の仲間は昔から固い約束があって、少しでも仲間のことを世間に洩らした奴は、成敗されて了《しま》うということだし、里の人でも、あいつ等のことを余りよく知っていると、何《ど》んな目に遭うかわからんぞ。そっとしておけよ。それに限るぞ」

この花袋の小説が描きだした「かれ等」は、大正から昭和にかけて、広く世間に共有された「サンカ」像そのものだと言ってよい。その時代、元来警察由来といわれる表記による「山窩」という言葉は、新聞などの大衆メディアで、特に注釈も無しに用いられていた。

そして、作中「かれ等」の扱う主たる商品を「ささら」から、農作物の種子の選別に使う「箕《み》」に変えれば、これは三角寛（一九〇三〜七一）が取材対象とした、関東地方で「サンカ」とよばれた移動箕作り・箕直したちの姿に重なるのである。

二

前置きが長くなったが、元「東京朝日新聞」の警察担当《サツまわり》記者・三角寛が、実録読物として「山窩小説」を手がけ、『文藝春秋オール讀物號』(現『オール讀物』)に「山窩綺談／日本怪種族実記」なるおどろおどろしいタイトルのもとシリーズ化しだすのは、一九三二(昭和七)年のことである。その後、一九四〇(同十五)年までの足かけ九年間に、小説にエッセイやコメントも加え、都合百十篇もの「山窩もの」を執筆、三角は「山窩小説家」として不動の文名を築いた。

しかし四〇年を最後に「山窩もの」を休筆した三角は、大戦中はクスリの製造、販売で軍を相手に商売をし、戦後は自宅に近い池袋で映画館経営にのり出していた。すなわち「人世坐」で、のちに館数も増え、現在の「新文芸坐」はその後身である。

ただし、小説の新作こそほぼ休止したものの、本文庫冒頭の「山窩は生きている」を収録した単行本『山窩は生きてゐる』(四季社、一九五二年)で、戦後刊行の著書は十九冊にのぼる。その内容の多くは戦前執筆の旧作の再編集だったが、雑誌への旧作再録も頻りであり、読書界では「山窩小説家」としての三角は、まだ十分に健在だったと見てよい。

そんな三角のもとを、NHKラジオの人気番組『社会探訪』の、藤倉修一アナウンサーと小田俊策プロデューサーが訪ねるところから「山窩は生きている」は始まる。敗戦から僅か五年めのことで、「放送局の藤倉君」というのどかな表現も、まだ「民放」は一局も無かったからで、「放送」と言えばラジオ以外にはありえなかった。

ちなみに藤倉修一（一九一四〜二〇〇八）は、昭和の伝説的名アナウンサーで、翌一九五一（昭和二十六）年には、第一回『紅白歌合戦』の司会をつとめる。スタジオを飛び出して、社会のさまざまな現場から、人びとの声を直接伝える、新しい報道番組のかたちを『街頭録音』（一九四六年）で開拓した。『社会探訪』（一九四七年七月〜五一年十二月）は、その続篇にあたり、例えばその頃、有楽町の高架線路下に出没した街娼たちへの直撃インタビュー「ガード下の娘たち」などは、それ自体が社会的事件として、大きな反響をまき起こした。

今回、藤倉たちは、埼玉県下で自分たちが発見したサンカの野営地（セブリ）を訪ね、そこに暮らす人たちにインタビューする企画をたてた。そして、三角に案内役兼コメンテーターとして現地への同行を依頼したのである。結果として、翌月の一九五〇（昭和二十五）年九月一日と八日、『社会探訪』では「山窩の瀬降りを訪ねて」が二回に分けてオン・エアされ、三角も番組に出演した。一回の放送時間は十五分。

だが、収録のさい、セブリの主である「辰つぁん」と「おヒロさん」（藤倉アナの呼称による）の夫婦と、藤倉や三角たちの間になごやかな会話が交わされていたところへ、思わぬ侵入者が現れ、騒動がまき起こる。新聞数社が無断で取材に割り込み、無許可で写真撮影を行なったのだ。以上と、その後日談に至る顛末を、ほぼ事実に則して書いたのが、「山窩は生きている」だった。

さて、今日判明している放送の収録地は、当時の埼玉県入間郡大井村大井の「弁天池」で、同池はふじみ野市大井の「大井弁天の森公園」（東原親水公園）内に、辛うじて現存する。実はこの放送じたいが三角による〝やらせ〟ではないかとの疑念が絶えなかったのだが、当時、毎年池のほとりに一定期間「箕直し」が野営していたのは事実だった。そのことは地元教育委員会の刊行物や、周辺住民への聴きとりからも確かめられ、放送と無関係に彼らについて書かれたローカル紙の記事もあるという（利《とし》田《だ》敏《さとし》『サンカの末裔を訪ねて』批評社、二〇〇五年、による）。

また、「辰つあん」と「おヒロさん」の姓名は、久保田辰三郎と松島ヒロ。三角は「山窩は生きている」では、辰つあんを「河野辰八」としているが、放送では「久保田辰三郎」とはっきり言っている。一方、おヒロさんのことは、放送では「松島ヒロ子」と紹介しているが、こちらは「山窩は生きている」の「松島ヒロ」が正しい。

そして今、この夫婦は埼玉県のある寺の墓地の、一つの墓に仲良くねむっている。夫の久保田辰三郎は、一八九二（明治二十五）年七月に生まれ、一九六九（昭和四十四）年十一月十三日に世を去った。享年七十七。また松島ヒロは、一九一五（大正四）年二月三日に生まれ、一九六三（昭和三十八）年十一月二十九日に世を去った。辰つあんの方が二十三歳年長だが、おヒロさんの方が七年早く逝ったことになる。「山窩は生きている」にもあるとおり、ヒロは左右の胸乳の大きさが極端に違い、左胸に腫瘍（乳癌とも）を患っていた。が、一切医者には診せず、竹細工用の刃物と焼酎で凄絶な自己流の荒療治をくり返していた。最期の場所は、埼玉県東松山市の越辺《おっぺ》川河川敷に小屋掛けしたセブリである。辰三郎と、二人の間にできた長男以下数名の子供たち、それに仲間の箕作りに看取られて息をひきとったという。

なお、彼女には歴とした戸籍があり、その本籍は戦前の東京三大スラムの一つ、下谷万年町だった。まさに「山窩は生きている」で三角がヒロの出生地として挙げた場所である。

片や辰三郎には戸籍が無く、出生地も不明である。ヒロの死後、辰三郎一家は、河原での小屋掛け生活をきり上げ、農家の物置き小屋に移住する。それが辰三郎の最後のセブリとなった。子供たちは、しだいに散りぢりとなり、最後まで辰三郎と物置き小屋に同居していたのは、長男と二男だけである。

それでも、前夜、工場づとめの長男が求めた清酒で晩酌し、就寝中いつのまにか息をひきとった辰つあんの最期は、ぎりぎりのところで救いのある終り方だったように思うのだが、どうだろう？（以上、主に筒井功《いさお》『漂泊の民サンカを追って』現代書館、二〇〇五年、による）

ところで、ラジオ「山窩の瀬降りを訪ねて」の録音はＮＨＫに現存する。内容を文字に起こしたものは『マージナル』第一号（現代書館、一九八八年四月）に掲載され、のち『歴史はマージナル』（同、一九九七年）に収録された。それによると、ヒロは過去に十人の子を生んで、うち二人が死に、残る八人のうち二人は両親のもとを離れて暮らし、当時セブリには六人（男女各三人）の子がいたことがわかる。

それから五十五年経った二〇〇五（平成十七）年、彼らの消息を明らかにした本が二冊、ほぼ同時に出版された。すでに挙げた筒井功の『漂泊の民サンカを追って』と、利田敏の『サンカの末裔を訪ねて』がそれである。両者は全く別々に久保田辰三郎一家の足跡を辿るうちに、それぞれ独自の経路から、一家の縁者を探しあてたのであった。その中には、放送収録のさい現場にいて、それを記憶する長男（一九四〇年生まれ）と三女（一九四三年生まれ）も含まれている。

両書の記述には喰い違いもみられ、スタンスもかなり異るのだが、セブリに育った子供たちの語る両親と自分たちのライフヒストリーは、まさに想像を絶するものだった。その詳細は両書に直接あたってもらいたいが、無籍の辰つあんはもとより、有籍者のおヒロさんも、当初は無縁仏として墓標も無しに埋葬され、現在の墓は後年、子供たちが費用をだし合って建てたという。なお、子供たちは全員、母親の戸籍に入っていた。

子供たちの証言の中には、三角についてのものも含まれる。利田の紹介する三女の話では、彼女は、ヒロの〝連れ子〟だった二女（一九三七年生まれ）や長男と共に、

「人世坐」で数年間、住み込みで働いたという。劇場に附属した「茶店」（サンカ茶屋？）の給仕の仕事であり、給料が出ると実家のセブリに里帰りしたが、三角は交通費を支給してくれた。退職後も、三角は甘い物や学用品をどっさり携えて、しばしばセブリを訪ねてくれたそうだ。

一方、同じ本で、長男は三角のことを「怖い人」だったと語っている。彼は「人世坐」では映写機のフィルム交換も任されていたという。三角から「嫁さんを紹介」されたこともあるが、実らなかったともいう。

右のような話で思いあたるのは、「山窩は生きている」にあった、三角が辰三郎・ヒロ夫婦に対し、長男の就学を請合ったり、子供たちを活動写真（映画）に連れて行こうと告げたくだりである。彼ら、セブリの子供たちを、数年にわたって面倒を見た理由には、興行師的な計算もはたらいていたかもしれないが、同時に一家の人びとへの、三角なりの（やや一方的な）配慮もありはしなかったかと思われるのだが。

三

戦後復興から経済成長へと社会が向かう中で、久保田辰三郎一家をはじめとする関東首都圏のサンカたちは、それまでのセブリ生活の放棄を迫られていた。生業である箕の製造や修繕の需要は減り、宅地化や農地整備は野営型式のセブリの設営を困難にした。

行政に登録されて公共サービスを受ける暮らしにはなじめず、現金収入による定住生活への適応は容易ではなかった。筒井や利田の聴きとりでは、セブリの子供たちは成人してからも、一般社会での生活に行き詰まると、ごく当り前のように、空き地に小屋を建ててそこに住むことがあったようだ。また、筒井の『漂泊の民サンカを追って』第二章には、箕作りサンカたちの異常な自殺の多さが指摘されているが、これも彼らの追い詰められ方を示すものなのかもしれない。

辰つあん一家の人びとが苦難の道を歩みつつあったとき、三角寛は何をしていたのだろうか？　本文庫の収録作品とは直接関係ないが、簡単にふれておこう。

一九六二（昭和三十七）年四月、三角寛は論文「サンカ社会の研究」により、東洋大学から文学博士号を授与された。論文は本篇だけでも十五分冊におよぶ厖大なもので、同大学の学位審査委員会に提出された「学位申請書」で、三角は述べている。

「前人未踏のサンカ社会は、著しい一般社会の変貌につれて、いまや絶滅に向かっている。それ故にこそ、学界は学問としてのサンカの研究文献を、後世にのこしておくことを私にすすめる」

「サンカに関する限り、三角寛がこのまま死亡すれば、文学書では、その著作はのこるであろうが、学問上の真相文献はのこらないのである」（田中勝也『サンカ研究』

翠楊社、一九八二年、より、のち新泉社）

自分だけがサンカ（社会）の真実を知っているという異様な自負、そして自分こそがその真実を後世に伝えうるのだという強烈な使命感……　それらが三角を奇怪な行動に駆りたてる。例えば、旺文社の学習雑誌『中学時代二年生』一九六二（昭和三十七）年八月号の、須藤輝雄「生きのこる古代の生活――サンカとは」を、三角は自分の校閲を受けておらず、誤った知識と偏見を若者に広めるとして、糾弾し、謝罪文を掲載させた。

似たようなケースは、以前にもあった。一九五七（昭和三十二）年七月発行の『別冊小説新潮』（新潮社）に掲載された、福田蘭童の小説「ダイナマイトを食う山窩」が、山窩の特殊な隠語（付牒）を無断使用したとして槍玉に上げられている。三角は、その隠語の使用は、サンカたちとの協定により、自分一人だけが認められていると主張。「関東箕製作者大会代表・大山五郎」なる者の抗議もあって、編集部は三角の要求を呑んだという。

さて、三角は件《くだん》の『中学時代二年生』翌九月号に、「サンカ研究と私」という一文を寄稿し、須藤の文から誤った知識をもたらされた読者に、正しいサンカの姿を知らせると宣言した。この文章は、中学生に語りかけたものだけに、「サンカ社会の研究」に三角が託そうとしたものが、かえってストレートに出ているところがある。

「くり返される歴史の激流に何千年も洗われながら、ながいながい、歴史の流れに少しも流されずに、大昔そのままに、遠い祖先から言葉や生活を、そのままにのこしているのがサンカの社会です。強い権力者に自分の考えを曲げて妥協したりしないで、先祖からの生き方を崩さずに、生きつづけている貴重な、生きた歴史の社会です」「(サンカは)神代に、箕を作る神聖な職業にしたがってから今日まで、その職業をつづけ、衣服も言葉も、正しい礼儀も、作法も神代そのままを伝えて、古代の生活を守っているのです」(『サンカ学の過去・現在、そしてこれから』批評社、二〇一一年、より)

それこそ歯の浮くようなサンカ社会の美化を、私は嗤う気になれない。ここに語られたのは、サンカ社会の現実ではなくて、サンカ社会に仮託された三角の理想であろう。それが、ある切なさをも感じさせるのは、そんなユートピアが、もはや地上の現実のどこにも成立しないという、絶望を伴ったものだからだと思う。「三角寛がこのまま死ねば」消えるものとは、そういった意味もあるのではないだろうか。

「大昔そのまま」、「遠い祖先」、「神代」、「正しい礼儀」等々への三角の強い執着は、どこから来るのか? 元来、彼が政治や経済よりも、精神や道徳や宗教に関心が強く、少年時代、寺に預けられた影響もあるだろう。また、礫川全次が『サンカと三角寛』(平凡社新書、二〇〇五年)で詳しく明らかにしたように、彼が「尊皇敬神」をうたう宗教「ひとのみち教団」の熱心な信者だったことも、無視できないと思われる。

しかし、三角を「サンカ・ユートピア」へ向かわせた最大の要因は、戦後日本社会への失望ではなかっただろうか。それが彼の思い込みか否かは別にして、三角は戦後社会の道義的頽廃を、伝統的な価値観の放棄とアメリカニズム、それに左翼の台頭の結果と見ていたようである。右の引用中の「強い権力者」とは、たぶんアメリカ占領軍のことを第一に指したものだ。また、『人世坐大騒動顚末記』（現代書館版『三角寛サンカ選集』第十五巻）中の「人世坐発生理念」には、三角の「戦後」に対する強い失望と憤懣を読みとることができる。さらに、三角は昭和三十年代から十年におよぶ「人世坐」労働争議を経験するが、その体験は、彼の戦後的なるものへの不信と憎悪を募らせた。結局のところ、彼は「サンカ・ユートピア」に、「戦後」と対極の場所（社会）を幻視したのだと思う。

以上のような理由から、私は学位論文「サンカ社会の研究」や、その要約版『サンカの社会』（朝日新聞社、一九六五年、のち現代書館版『選集』第六巻）、「山窩は生きている」を一部改稿のうえ中に組み込んだ『山窩物語』（読売新聞社、一九六六年、のち現代書館版『選集』第一巻）を、文字通りの研究書としては問題ある書物と見做す。ただし、これらを、特異な反戦後思想を綴った思想パンフレットとみれば、興味深いものがあるのではないだろうか。

そして、三角が学位論文に込めたそんな思いは、東洋大学の論文審査委員長であり、三角の研究を強く支持した国文学者・斎藤清衛（一八九三〜一九八一）の琴線に触れ、強い共鳴をうみはしなかっただろうか。『芭蕉』（楽浪書院、一九三七年）の著者である彼は、門下から蓮田善明（一九〇四〜一九四五）や栗山理一（一九〇九〜一九八九）といった、日本浪曼派の国文学者を輩出し、彼らの創刊した雑誌『文藝文化』からは、三島由紀夫がデビューする。そんな斎藤はまた、旅を愛し、俳人・種田三頭火（一八八二〜一九四〇）や、サンカについての古典的文献『大地に生きる』（同朋園出版部、一九三四年、のち河出書房新社より『サンカとともに大地に生きる』と改題され復刊）を著した清水精一（一八八八〜没年未詳）と親交したユニークな学者であった。

四

このへんで、表題作以外の収録作品を簡単に紹介しておく。

まず、「笑死」は、『オール讀物』一九三八（昭和十三）年七月号に発表された。大阪府警に四十年以上勤務したベテラン刑事の手記、というかたちをとっているが、実際にネタ元は警察関係者だった可能性がある。作家としてデビューする以前の三角寛、こと東京朝日新聞記者・三浦守が警察担当だったことは前にも述べたが、彼はその後も何かと警察関係との人的つながりが強かった。

ただし、それは専《もっぱ》ら〝現場〟の人びとに限られ、「山窩小説」の執筆にあたっても、彼らから知識を伝授され、取材先の所轄署から便宜をはかってもらう口添えも得ていたようだ。「山窩は生きている」に「警視庁の名探偵」として実名で登場する、元刑事の大塚大索などは、その代表格である。実は三角には「山窩もの」以外に「刑事・警察もの」という作品群もあり、大戦中、「山窩もの」の筆を折ってからも、僅かながら「刑事・警察もの」の新作は発表していた。

「笑死」の舞台は大阪の和泉地方から、和歌山、奈良、三重県の尾鷲と、近畿地方を縦横に移動するが、三角がこの地域を関東、静岡、甲信地方のように、自分の足で丹念に取材して知悉していることは、おそらくなかったと思われる。作中の設定はともかく、他者からの情報をヒントにアレンジして書いた作品に相違あるまい。尤《もっと》も、作品としては、荒唐無稽さも含めて、いかにも「山窩小説家」としての最盛期の三角らしい典型的な物語に仕上がっている。

「山津波」は、『日の出』（新潮社）の一九三八（昭和十三）年八月号に掲載された。舞台は、現在の長野県南佐久郡川上村御所平に位置する信州峠、長野・山梨両県の県境である。お島と熊吉という、血の繋がらない同士の母子の情愛と義理の強さ、対する熊吉の嫁・お岩への作者の冷淡さ、というより邪魔物扱いに近い態度に、何だか常軌を逸したものすら感じるのは、私だけであろうか？

ここには、手のつけられない悪童だった三角を教育のために寺へ叩きこんだ、「孟母」である実母に対する、「マザコン」などという船来語がハダシで逃げだすような、三角の「母念《もねん》」の情を見るべきだろうか？　それにしても、三角の義理・人情と血族への執着は、戦前の日本人にしてもやや強すぎるように思う。

蛇足だが、『日の出』を発行する新潮社の社長・佐藤義亮は、当時「ひとのみち教団」の熱心な信者であり、「教団」のパトロンでもあった。『日の出』にも「ひとのみち文士」とよばれた書き手が多く執筆したが、三角もむろんその一人である。

のちに「ひとのみち」は「尊皇敬神」を宗旨としながらも当局から弾圧を受けるが、極力体制順応の方針をとって、戦時を生き延び、戦後「ＰＬ教団」となる。だが、三角は弾圧後方針を軟化させた「教団」を見限り、従来の信仰を保持し続けたという。彼の「サンカ社会の研究」が、夫婦生活のことなどに異様な熱意とスペースを割いているのは、戦前の「ひとのみち」が「家族」重視の立場から、「夫婦陰陽の道」を格別に重んじた名残らしい。

閑話休題。「化茸」も一九三八（昭和十三）年の作品で、『オール讀物』十月号に掲載された。「笑死」が如何にも「山窩小説」らしい作品であることと較べると、「山津波」や「化茸」は、どこか近代的な小説以前の噂話や伝説を読んだような印象がある。

行きずりの人から少し軽い調子で聞かされた、真偽も、今昔も曖昧な、出だしも結末もあって無いような物語、あえて言えば江戸時代の「随筆」本や『遠野物語』の中の少し長いエピソードのようだ。

かつてのサンカたちが、こういったエピソードを、生業の品々と共に携えて歩いたのではないかという想像は、あながち的外れではないのかもしれない。

さて、「私の瀬降初探訪」の初出は特定できないが、戦前か？　三角はこのエピソードをくり返し書いており、彼の著作にある程度親しんだ者にはお馴染みの内容といえる。三角にとって初めてサンカに直接話を聴いた体験談である。

文中、最初に会ったというサンカ、通称「溝亀《どぶがめ》」の姓名は、ここでは「溝口亀吉」となっているが、いかにも「溝ノ口」という地名を取ってつけたような仮名そのものの名である。この部分の内容が重複する「山窩が世に出るまで」（『人生』第三十一号、文芸同志会、一九五一年十二月、のち現代書館版『選集』第八巻）では同一人物が「池野清八」、一九三三（昭和八）年に書かれた「山窩銘々伝」（『文藝春秋』九月号、のち同巻）では「池田亀吉」となっている。

だが、久保田辰三郎の場合もそうであったが、こうした人名や地名、年代や日附などに関する著作間でのばらつきは、取材対象たるサンカたちへの情報保護という配慮と捉えるべきだろう。いや、こうした目くらましを怠らなかったからこそ、三角はサンカから信用されたのではあるまいか。

なお、一九八〇年代後半、私たちが現地で聴きとりをしたところでは、「溝亀」のセブリがあったとみられる神奈川県川崎市久地の久地神社境内には、かつて箕作りが棲みついた痕跡があった。三角はしっかりと事実をふまえているのである（朝倉喬司、今井照容、佐伯修「三角寛「山窩小説」を歩く」、『いま、三角寛サンカ小説を読む』現代書館、二〇〇二年）。そして、元刑事・大塚大索の名がここにも登場する。

残る、「山窩の隠語」、「山窩ことば集」には、晩年の三角が「サンカ社会の研究」やそれに続く著作で紹介した、上代語をアレンジしたような「サンカ言葉」は一切出て来ない。その意味で、本書は戦後執筆の収録作品も含めて、三角の「サンカ・ユートピア」の影響から完全にフリーな一冊になっている。

最後になったが、彼の「サンカ・ユートピア」には、「戦後」への異議申し立て以外に、もう一つの役割りがあったのかもしれない。それは、セブリ生活を終えて一般社会にトケコミをする、サンカたちへの〝花道〟を飾る美しい伝説という役割りである。あるいは、サンカの全国組織の存在などの「研究」の記述も、サンカたちを興味本位の穿鑿や迫害から守る役を果たしたのかもしれない。

（なお、文中、引用文の表記は現行のものに改めた）

（さえき　おさむ・ライター、サンカ研究）

◉ 底本一覧

山窩は生きている（『山窩は生きてゐる』四季社、'52.5）
笑死（『東京の山窩』小峰書店、'41.2）
山津波（同上）
化茸（同上）
私の瀬降初探訪（『愛欲の瀬降』徳間書店、'66.5）
山窩の隠語（『東京の山窩』小峰書店、'41.2）
山窩ことば集（『山窩血笑記』東都書房、'56）

山窩《さんか》は生《い》きている

二〇一四年 七 月一〇日 初版印刷
二〇一四年 七 月二〇日 初版発行

著 者 三角寛《みすみかん》

発行者 小野寺優
発行所 株式会社河出書房新社
〒一五一-〇〇五一
東京都渋谷区千駄ヶ谷二-三二-二
電話〇三-三四〇四-八六一一（編集）
〇三-三四〇四-一二〇一（営業）
http://www.kawade.co.jp/

ロゴ・表紙デザイン 粟津潔
本文フォーマット 佐々木暁
本文組版 株式会社創都
印刷・製本 中央精版印刷株式会社

Printed in Japan ISBN978-4-309-41306-8

山窩奇談

三角寛　41278-8

箕作り、箕直しなどを生業とし、セブリと呼ばれる天幕生活を営み、移動暮らしを送ったサンカ。その生態を聞き取った元新聞記者、研究者のサンカ実録。三角寛作品の初めての文庫化。一級の事件小説。

「拉致」異論　日朝関係をどう考えるか

太田昌国　40897-2

「拉致」を他にない視点から論じ、日朝関係を考える原点を示す名著。日朝の戦後を検証しつつ北朝鮮バッシングを煽る保守派、そして自分を切開しない進歩派などを鋭く批判しつつ、真の和解とは何かをさぐる。

日本人の神

大野晋　41265-8

日本語の「神」という言葉は、どのような内容を指し、どのように使われてきたのか？　西欧のGodやゼウス、インドの仏とはどう違うのか？　言葉の由来とともに日本人の精神史を探求した名著。

天皇の国・賤民の国　両極のタブー

沖浦和光　40861-3

日本列島にやってきた諸民族の源流論と、先住民族を征圧したヤマト王朝の形成史という二つを軸に、日本単一民族論の虚妄性を批判しつつ、天皇制、賤民、芸能史、部落問題を横断的に考察する名著。

江戸食べもの誌

興津要　41131-6

川柳、滑稽・艶笑文学、落語にあらわれた江戸人が愛してやまなかった代表的な食べものに関するうんちく話。四季折々の味覚にこめた江戸人の思いを今に伝える。

綺堂随筆　江戸っ子の身の上

岡本綺堂　40669-5

江戸っ子の代表助六の意外な身の上話。東京が様変わりした日清戦争の記憶、従軍記者として赴いた日露戦争での満州の体験……。確かな江戸の知識のもとに語る情趣あふれる随筆選。文庫オリジナル。

永訣の朝　樺太に散った九人の逓信乙女

川嶋康男　40916-0

戦後間もない昭和二十年八月二十日、樺太・真岡郵便局に勤務する若い女性電話交換手が自決した。何が彼女らを死に追いやったのか、全貌を追跡する。テレビドラマの題材となった事件のノンフィクション。

服は何故音楽を必要とするのか?

菊地成孔　41192-7

パリ、ミラノ、トウキョウのファッション・ショーを、各メゾンのショーで流れる音楽＝「ウォーキング・ミュージック」の観点から構造分析する、まったく新しいファッション批評。文庫化に際し増補。

日本料理神髄

小山裕久　40790-6

日本料理とは何か。その本質を、稀代の日本料理人が料理人志望者に講義するスタイルで明らかにしていく傑作エッセイ。料理の仕組みがわかれば、その楽しみ方も倍増すること請け合い。料理ファン必携！

異体字の世界　旧字・俗字・略字の漢字百科〈最新版〉

小池和夫　41244-3

常用漢字の変遷、人名用漢字の混乱、ケータイからスマホへ進化し続ける漢字の現在を、異形の文字から解き明かした増補改訂新版。あまりにも不思議な、驚きのアナザーワールドへようこそ！

サンカと説教強盗　闇と漂泊の民俗史

礫川全次　41036-4

昭和初期、帝都西北部の新興住宅地をねらう強盗が跋扈した。説教強盗妻木松吉。その兇悪な手口から捜査当局は説教サンカ説を流す。後のサンカ小説家三角寛らも関わった事件の真相を追う。

心理学化する社会　癒したいのは「トラウマ」か「脳」か

斎藤環　40942-9

あらゆる社会現象が心理学・精神医学の言葉で説明される「社会の心理学化」。精神科臨床のみならず、大衆文化から事件報道に至るまで、同時多発的に生じたこの潮流の深層に潜む時代精神を鮮やかに分析。

弾左衛門の謎

塩見鮮一郎　40922-1

江戸のエタ頭・浅草弾左衛門は、もと鎌倉稲村ヶ崎の由井家から出た。その故地を探ったり、歌舞伎の意休は弾左衛門をモデルにしていることをつきとめたり、様々な弾左衛門の謎に挑むフィールド調査の書。

異形にされた人たち

塩見鮮一郎　40943-6

差別・被差別問題に関心を持つとき、避けて通れない考察をここにそろえる。サンカ、弾左衛門から、別所、俘囚、東光寺まで。近代の目はかつて差別された人々を「異形の人」として、「再発見」する。

賤民の場所　江戸の城と川

塩見鮮一郎　41052-4

徳川入府以前の江戸、四通する川の随所に城郭ができる。水運、馬事、監視などの面からも、そこは賤民の活躍する場所となる。浅草の渡来民から、太田道灌、弾左衛門まで。もう一つの江戸の実態。

日本の伝統美を訪ねて

白洲正子　40968-9

工芸、日本人のこころ、十一面観音、着物、骨董、髪、西行と芭蕉、弱法師、能、日本人の美意識、言葉の命……をめぐる名手たちとの対話。さまざまな日本の美しさを探る。

大人の東京散歩　「昭和」を探して

鈴木伸子　40986-3

東京のプロがこっそり教える情報がいっぱい詰まった、大人のためのお散歩ガイド。変貌著しい東京に見え隠れする昭和のにおいを探して、今日はどこへ行こう？　昭和の懐かし写真も満載。

花鳥風月の日本史

高橋千劔破　41086-9

古来より、日本人は花鳥風月に象徴される美しく豊かな自然のもとで、歴史を築き文化を育んできた。文学や美術においても花鳥風月の心が宿り続けている。自然を通し、日本人の精神文化にせまる感動の名著！

篦棒《ベラボー》な人々　戦後サブカルチャー偉人伝

竹熊健太郎　40880-4

戦後大衆文化が生んだ、ケタ外れの偉人たち——康芳夫（虚業家）、石原豪人（画怪人）、川内康範（月光仮面原作）、糸井貫二（全裸の超前衛芸術家）——を追う伝説のインタビュー集。昭和の裏が甦る。

こころ休まる禅の言葉

松原哲明〔監修〕　40982-5

古今の名僧たちが残した禅の教えは、仕事や人間関係など多くの悩みを抱える現代人の傷ついた心を癒し、一歩前へと進む力を与えてくれる。そんな教えが凝縮された禅の言葉を名刹の住職が分かりやすく解説。

内臓とこころ

三木成夫　41205-4

「こころ」とは、内蔵された宇宙のリズムである……子供の発育過程から、人間に「こころ」が形成されるまでを解明した解剖学者の伝説的名著。育児・教育・医療の意味を根源から問い直す。

生命とリズム

三木成夫　41262-7

「イッキ飲み」や「朝寝坊」への宇宙レベルのアプローチから「生命形態学」の原点、感動的な講演まで、エッセイ、論文、講演を収録。「三木生命学」のエッセンス最後の書。

千里眼千鶴子

光岡明　40997-9

明治の女性、御船千鶴子は霊感が強かった。東京大学心理学助教授・福来友吉に注目され、その透視術実験は一定の成功をみるのだが……。『リング』の母のモデルとされる霊能者の数奇な運命の物語。

なまけものになりたい

水木しげる　40695-4

なまけものは人間の至高のすがた。浮世のことを語っても、この世の煩わしさから解き放ってくれる摩訶不思議な水木しげるの散文の世界。『妖怪になりたい』に続く幻のエッセイ集成。水木版マンガの書き方も収録。

生きていく民俗　生業の推移

宮本常一　41163-7

人間と職業との関わりは、現代に到るまでどういうふうに移り変わってきたか。人が働き、暮らし、生きていく姿を徹底したフィールド調査の中で追った、民俗学決定版。

周防大島昔話集

宮本常一　41187-3

祖父母から、土地の古老から、宮本常一が採集した郷土に伝わるむかし話。内外の豊富な話柄が熟成される、宮本常一における〈遠野物語〉ともいうべき貴重な一冊。

民俗のふるさと

宮本常一　41138-5

日本人の魂を形成した、村と町。それらの関係、成り立ちと変貌を、ていねいなフィールド調査から克明に描く。失われた故郷を求めて結実する、宮本民俗学の最高傑作。

山に生きる人びと

宮本常一　41115-6

サンカやマタギや木地師など、かつて山に暮らした漂泊民の実態を探訪・調査した、宮本常一の代表作初文庫化。もう一つの「忘れられた日本人」とも。没後三十年記念。

新教養主義宣言

山形浩生　40844-6

行き詰まった現実も、ちょっと見方を変えれば可能性に満ちている。文化、経済、情報、社会、あらゆる分野をまたにかけ、でかい態度にリリシズムをひそませた明晰な言葉で語られた、いま必要な〈教養〉書。

増補　地図の想像力

若林幹夫　40945-0

私たちはいかにして世界の全体をイメージすることができるのか。地図という表現の構造と歴史、そこに介在する想像力のあり様に寄り添い、人間が生きる社会のリアリティに迫る、社会学的思考のレッスン。